TIQUES ET PRIÈRES

POUR

LA RETRAITE

DE LA

PREMIÈRE COMMUNION

TOULON

LIBRAIRIE Paul DANILLON

—

1881

CANTIQUES ET PRIÈRES

POUR

LA RETRAITE

DE LA

PREMIÈRE COMMUNION

TOULON

LIBRAIRIE Paul DANILLON

—

1881

Vu et approuvé,

† CHARLES, Archevêque de Tours.

7997   Toulon — Typ. M. Massone, boulevard de Strasbourg, 56

PRÉFACE

Il est facile de comprendre l'utilité des cantiques spirituels. C'est un excellent moyen pour entretenir la piété et ranimer la ferveur. Les cantiques nous rappellent ce que la religion a de plus touchant dans ses mystères, de plus consolant ou de plus terrible dans les vérités qu'elle nous enseigne ; il sont aussi l'expression des sentiments de crainte et d'amour, de respect et de confiance, dont nous devons être pénétrés envers le Seigneur. Voilà pourquoi l'Apôtre saint Paul, dans son Épître aux Éphésiens, ch. 5, v. 19, disait aux premiers fidèles : « Remplissez-vous « du Saint-Esprit, vous entretenant de psaumes, « d'hymnes et de cantiques spirituels, chantant et « psalmodiant du fond de vos cœurs à la gloire du « Seigneur. » Et dans l'Épître aux Colossiens, ch. 3, v. 16 : « Instruisez-vous et exhortez-vous les uns « les autres par des psaumes, hymnes et cantiques « spirituels, chantant de cœur avec édification les « louanges du Seigneur. »

Ames chrétiennes, soyez dociles aux exhortations du grand Apôtre, et faites un fréquent usage des cantiques contenus dans ce petit recueil ; vous y trouverez un délassement au milieu de vos travaux et un aliment solide pour votre piété.

RÈGLEMENT DE VIE

—

CHAQUE JOUR :

I. Je ferai mes prières à genoux et avec attention. J'offrirai à Dieu toutes mes pensées, paroles et actions.

II. Je ferai mon possible pour assister à la sainte Messe avec foi et dévotion.

III. Je ne laisserai passer aucun jour sans faire une lecture de piété et sans réfléchir à mon salut, et à l'accomplissement de mes devoirs de chrétien.

IV. De temps en temps, et surtout quand je serai tenté, je penserai que je suis sous les yeux de Dieu, et je ferai quelque élévation de cœur vers lui.

V. Le soir, j'examinerai ma conscience. Je demanderai pardon à Dieu des fautes que je reconnaîtrai avoir commises, et je prendrai de fermes résolutions de n'y plus retomber.

CHAQUE SEMAINE :

VI. Je serai fidèle à assister, les Dimanches et Fêtes, à la Messe de paroisse et aux autres offices. Je me rappellerai que ces jours sont les JOURS DU SEIGNEUR, et non les jours de la danse, des plaisirs, de l'intempérance et des affaires temporelles : et je les consacrerai tout entiers à de bonnes œuvres.

CHAQUE MOIS :

VII. Je m'approcherai du sacrement de Pénitence et je communierai suivant l'avis de mon Confesseur.

CHAQUE ANNÉE :

VIII. Je ferai une confession générale de toute l'année. Je m'y disposerai par quelques jours de retraite ou de recueillement, et par de sérieuses et profondes méditations sur les grandes vérités du salut.

PRINCIPALES VÉRITÉS DE LA RELIGION.

Il n'y a qu'un seul Dieu. — Il y a trois personnes en Dieu, le Père, le Fils et le Saint-Esprit. — Le Fils de Dieu fait homme s'appelle Jésus-Christ. — Il est venu au monde pour expier nos péchés et nous sauver de l'enfer. — Il est né le jour de Noël — Il a vécu 33 ans. — Il a établi le Sacrement de l'Eucharistie le Jeudi saint. — Il est mort sur la croix le Vendredi saint. — Il est ressuscité le jour de Pâques. — Il est monté au ciel le jour de l'Ascension. — Il a envoyé son Saint-Esprit à ses apôtres le jour de la Pentecôte. — Il reviendra à la fin du monde pour juger les vivants et les morts. — Les bons jouiront d'un bonheur éternel dans le Ciel. — Les méchants subiront un tourment éternel dans l'enfer. — On ne peut être sauvé que dans l'Eglise catholique, apostolique et romaine, qui est la vraie Eglise de Jésus-Christ. — Nous ne pouvons rien sans sa grâce ; sa grâce ne fait rien sans nous, nous pouvons tout avec sa grâce.

Il y a sept Sacrements : le Baptême, la Confirmation, l'Eucharistie, la Pénitence, l'Extrême-Onction, l'Ordre et le Mariage.

Le Baptême est un Sacrement qui efface le péché originel, et qui nous fait les enfants de Dieu et de l'Eglise.

La Confirmation est un Sacrement qui nous donne le Saint-Esprit, et nous rend parfaits chrétiens.

L'Eucharistie est un Sacrement qui contient réellement et en vérité le Corps et le Sang, l'Ame et la Divinité de Jésus-Christ, sous les espèces du pain et du vin.

La Pénitence est un Sacrement qui remet les péchés commis après le Baptême.

L'Extrême-Onction est un Sacrement institué pour le soulagement spirituel et corporel de ceux qui sont dangereusement malades.

L'Ordre est un Sacrement qui donne le pouvoir d'exercer les fonctions ecclésiastiques, et la grâce pour les remplir dignement.

Le Mariage est un Sacrement établi par Jésus-Christ pour sanctifier l'union légitime des époux.

Il y a sept dons du Saint-Esprit : la Sagesse, l'Intelligence, le Conseil, la Force, la Science, la Piété et la Crainte de Dieu.

Il y a trois Vertus qu'on appelle Théologales, parce qu'elles ont Dieu pour objet : la Foi, l'Espérance, la Charité ou l'Amour de Dieu.

Il y a quatre Vertus qu'on nomme Cardinales, parce que sur elles s'appuient toutes les autres : la Force, la Prudence, la Tempérance et la Justice.

Il y a sept péchés capitaux, qui sont la source de tous les autres : l'Orgueil, l'Envie, l'Avarice, la Luxure, la Gourmandise, la Colère et la Paresse.

ACTE DE FOI.

Mon Dieu, je crois fermement tout ce que croit et enseigne la sainte Eglise, parce que c'est vous, ô mon Dieu, qui l'avez dit, et que vous êtes la vérité même.

ACTE D'ESPÉRANCE.

Mon Dieu, j'ai une ferme confiance, par les mérites de Jésus-Christ, qu'en usant bien de vos grâces en cette vie, je vous posséderai éternellement en l'autre ; parce que vous l'avez promis, et que vous êtes fidèle en vos promesses.

ACTE DE CHARITÉ.

Mon Dieu, je vous aime de tout mon cœur, plus que toutes choses, parce que vous êtes infiniment bon, infiniment aimable, et j'aime mon prochain comme moi-même pour l'amour de vous.

ACTE DE CONTRITION.

Mon Dieu, j'ai un extrême regret de vous avoir offensé, parce que vous êtes infiniment bon, infiniment aimable, et que le péché vous déplaît ; je fais un ferme propos, moyennant votre sainte grâce, de ne plus vous offenser et de faire pénitence.

CANTIQUES

A L'USAGE

DES MISSIONS

ET DES RETRAITES

—o>x<o—

CANTIQUE D'OUVERTURE

1.

Un Dieu vient se faire entendre
Quelle ineffable faveur !
A sa voix il faut vous rendre,
Et répondre à son ardeur.
Accourez, peuple fidèle,
Voici les jours du Seigneur ;
Quand sa bonté vous appelle,
Ne fermez pas votre cœur.

A chaque strophe on répète : Accourez.

Dans l'état le plus horrible
Le péché vous a réduits :
Mais, à vos malheurs sensible,
Dieu vers vous nous a conduits.

Sur vous il fera reluire
Un rayon de sa clarté ;
Dans vos cœurs il va produire
Le feu de la charité.

Trop longtemps, hélas ! le crime
Eut pour vos cœurs des attraits :
Qu'un saint désir vous anime
A le bannir pour jamais !

Loin de vous toute injustice !
Plus de haine et de fureurs :
Que rien d'impur ne ternisse
Ni votre esprit ni vos mœurs.

Quel bonheur inestimable,
Si, plein d'un vrai repentir,
De son état misérable
Tout pécheur voulait sortir !

Ah ! Seigneur, qu'enfin se fasse
Ce changement souhaité !
Dans nos cœurs, par votre grâce,
Descendez, Dieu de bonté.

Brisez de ces cœurs rebelles
La coupable dureté :
Grand Dieu ! rendez-les fidèles
A suivre la vérité.

INVOCATION AU SAINT-ESPRIT
2.

Esprit-Saint, descendez en nous   *bis.*
Embrasez notre cœur de vos feux,
    De vos feux   } *bis.*
    Les plus doux.

Sans vous notre vaine prudence
Ne peut, hélas ! que s'égarer ;
Ah! dissipez notre ignorance,   *bis.*
    Esprit d'intelligence,   } *bis.*
    Venez nous éclairer.
Esprit-Saint, descendez en nous, etc.

Le noir enfer, pour nous livrer la guerre,
Se réunit au monde séducteur ;
Tout est pour nous embûche sur la terre,   } *bis.*
Soyez, soyez notre libérateur.
Esprit-Saint, etc.

Enseignez-nous la divine sagesse ;
Seule elle peut nous conduire au bonheur.
Dans ses sentiers qu'heureuse est la jeunesse,   } *bis.*
Qu'heureuse est la vieillesse !
Esprit-Saint, etc.

⊲ 3 ⊳

Esprit-Saint, Dieu de lumière,
O vous que nous invoquons !
Venez des cieux sur la terre,
Comblez-nous de tous vos dons.

Don de sagesse.
Accordez-nous cette sagesse
Qui ne cherche que le Seigneur ;
Que notre étude soit sans cesse
De lui soumettre notre cœur.
Esprit-Saint, etc.

Don d'intelligence.

Donnez-nous cette intelligence,
Ce don qui fait connaître au cœur
De la foi toute l'excellence,
Et du crime toute l'horreur.
　Esprit-Saint, etc

Don de conseil.

De vos conseils que la lumière
Dissipe nos illusions ;
Qu'elle nous guide et nous éclaire
Au milieu des tentations.
　Esprit-Saint, etc.

Don de force.

Venez, inspirez-nous la force
D'aimer Dieu, d'observer sa loi ;
Et qu'en vain le monde s'efforce
D'éteindre dans nos cœurs la foi.
　Esprit-Saint, etc.

Don de science.

Enseignez-nous cette science,
L'art divin qui fait les vertus ;
Répandez sur nous l'abondance
Du don qui forme les élus.
　Esprit-Saint, etc

Don de piété.

Qu'une piété vive et pure
Nous anime et brille toujours ;
Qu'à son feu notre âme s'épure,
Et pour vous s'embrase d'amour.
　Esprit-Saint, etc.

Don de crainte.

Inspirez-nous de Dieu la crainte
De ses terribles jugements ;
Que sa justice, sa loi sainte,
Pénètre et nos cœurs et nos sens.
　Esprit-Saint, etc.

⊰ 4 ⊱

Viens, Esprit d'amour !
Descends aujourd'hui dans mon âme
Viens, Esprit d'amour,
Viens, elle est à toi sans retour !

Mon cœur qui te réclame
Abjure ses erreurs ;
Allumes-y ta flamme
Et tes saintes ardeurs. Viens, etc.

Auteur de tout don,
Dès ma jeunesse la plus tendre,
Auteur de tout don,
Tu m'appris à bénir ton nom ;
Aujourd'hui, viens m'apprendre
A n'en rougir jamais,
A ne jamais me rendre
Parjure à tes bienfaits. Viens, etc.

Sans ta douce loi
Il n'est plus que bonheur frivole ;
Sans ta douce loi
Il n'est aucune paix pour moi ;
C'est elle qui console
Les vrais adorateurs
Qui, forts de ta parole,
Bravent tous les malheurs. Viens, etc.

Seigneur, je me rends,
Ta divine bonté m'enchante ;
Seigneur, je me rends,
Règne sur mon cœur et mes sens.
De ta main bienfaisante,
Viens graver, ô mon Dieu,
Dans mon âme inconstante,
Tes lois en trait de feu. Viens, etc.

⊹ 5. ⊱

O Saint-Esprit, donnez-nous vos lumières,
Venez en nous pour nous embraser tous,
Pour nous régler et former nos prières ;
Nous ne pouvons faire aucun bien sans vous.　　(bis.)

Priez pour nous, sainte Vierge Marie,
Obtenez-nous grâce auprès du Sauveur,
Pour écouter ses paroles de vie
Et les garder toujours dans notre cœur.　　(bis.)

SALUT.

6.

Travaillez à votre salut :
Quand on le veut, il est facile.

Chrétiens, n'ayez point d'autre but,
Sans lui tout devient inutile :
Sans le salut (*bis*), pensez-y bien ;
Tout ne vous servira de rien.   *bis*

Oh ! que l'on perd en se perdant !
On perd le céleste héritage ;
Au lieu d'un bonheur si charmant,
On a l'enfer pour son partage.
    Sans le salut (*bis*), etc.   *bis.*

Que sert de gagner l'univers,
Si l'on vient à perdre son âme,
Et s'il faut, au fond des enfers,
Brûler dans l'éternelle flamme !
    Sans le salut (*bis*), etc.   *bis.*

Rien n'est digne d'empressement,
Si ce n'est la vie éternelle ;
Le reste n'est qu'amusement,
Tout n'est que pure bagatelle.
    Sans le salut (*bis*), etc.   *bis.*

C'est pour toute une éternité
Qu'on est heureux ou misérable!
Que, devant cette vérité,
Tout ce qui passe est méprisable!
Sans le salut (*bis*), etc.   *bis.*

Grand Dieu, que tant que nous vivrons,
Cette vérité nous pénètre!
Ah ! faites que nous nous sauvions,
A quelque prix que ce puisse être.
Sans le salut (*bis*), pensez-y bien,
    Tout ne vous servira de rien.   *bis.*

MORT.

7.

A la mort, à la mort,
Pécheur, tout finira ;
Le Seigneur, à la mort,
    Te jugera.

Il faut mourir, il faut mourir,
De ce monde il nous faut sortir ;
Le triste arrêt en est porté,
Il faut qu'il soit exécuté.
    A la mort, etc.

Comme une fleur qui se flétrit,
Ainsi bientôt l'homme périt ;
L'affreuse mort vient de ses jours
Dans peu de temps finir le cours.
 A la mort, etc.

Pécheurs, approchez du cercueil,
Venez confondre votre orgueil ;
Là, tout ce qu'on estime tant
Est enfin réduit au néant.
 A la mort, etc.

Esclaves de la vanité,
Que deviendra votre beauté ?
Vos traits, sans forme et sans couleur
Vous rendront un objet d'horreur.
 A la mort, etc.

Vous qui suivez tous vos désirs,
Qui vous plongez dans les plaisirs,
Pour vous quel affreux changement
La mort va faire en ce moment !
 A la mort, etc.

Plus de plaisir, plus de douceur,
Plus de pouvoir, plus de grandeur ;
Ces biens dont vous êtes jaloux
Vont tout à coup périr pour vous.
 A la mort, etc.

Adieu, famille ; adieu, parents ;
Adieu, chers amis, chers enfants,
Votre cœur se désolera ;
Mais tout enfin vous quittera.
 A la mort, etc.

Ce moment doit bientôt venir ;
Mais on en fuit le souvenir ;
Et l'homme, sans réflexion,
Vit ainsi dans l'illusion.
 A la mort etc.

S'il fallait subir votre arrêt,
Crétiens, qui de vous serait prêt ?
Combien dont le funeste sort
Serait une éternelle mort !
 A la mort, etc.

JUGEMENT.

8.

Dieu va déployer sa puissance,
Le temps comme un songe s'enfuit :
Les siècles sont passés, l'éternité commence,
Le monde va rentrer dans l'horreur de la nuit.
   Dieu, etc.

J'entends la trompette effrayante,
Quel bruit ! quels lugubres éclairs !
Le Seigneur a lancé sa foudre étincelante,
Et ses feux dévorants embrasent l'univers.
   J'entends, etc.

Les monts foudroyés se renversent,
Les êtres sont tous confondus ;
La mer ouvre son sein, les ondes se dispersent,
Tout est dans le chaos, et la terre n'est plus.
   Les monts, etc.

Sortez des tombeaux, ô poussière,
Dépouille des pâles humains :
Le Seigneur vous appelle, il vous rend la lumière ;
Il va sonder les cœurs et fixer vos destins.
   Sortez, etc.

Il vient : tout est dans le silence :
Sa croix porte au loin la terreur.
Le pécheur, consterné, frémit à sa présence,
Et le juste lui-même est saisi de frayeur.
   Il vient, etc.

Assis sur un trône de gloire,
Il dit : Venez, ô mes élus !
Comme moi, vous avez remporté la victoire ;
Recevez de mes mains le prix de vos vertus.
   Assis, etc.

Tombez dans le sein des abîmes,
Tombez, pécheurs audacieux ;
De mon juste courroux immortelles victimes ;
Vils suppôts des démons, vous brûlerez comme eux.
   Tombez, etc.

Vous n'êtes plus, vaines chimères,
Objets d'un sacrilége amour
Fléaux du genre humain, oppresseurs de vos frères,
Héros tant célébrés, qu'êtes-vous dans ce jour ?
   Vous n'êtes, etc.

Triste éternité de supplices,
Tu vas donc commencer ton cours.
De l'heureuse Sion ineffables délices,
Bonheur, gloire des Saints, vous durerez toujours.
Triste éternité, etc.

Grand Dieu, qui sera la victime
De ton implacable fureur?
Quel noir pressentiment me tourmente et m'opprime ?
La crainte et le remords me déchirent le cœur.
Grand Dieu, etc.

De tes jugements, Dieu sévère,
Pourrai-je subir les rigueurs?
J'ai péché, mais ton sang désarme la colère :
J'ai péché, mais mon crime est éteint par mes pleurs.
De tes jugements. etc.

ENFER.

9.

Tremblez, habitants de la terre, ⎱ bis.
Tremblez, le Seigneur va venir. ⎰
Le Ciel dans son courroux fait gronder son tonnerre ;
Heureux qui sait prévoir l'effroyable avenir !
Tremblez, etc.

Je fus comme vous, dans le monde,
Esclave de mes passions ;
J'insultais à mon Dieu, dans mon erreur profonde ;
Et l'enfer est le fruit de mes illusions.
Tremblez, etc.

Mon cœur, aveuglé par le crime,
Se jouait de l'éternité ;
Mais, ô fatale erreur, dans un affreux abîme,
Au moment du trépas, je fus précipité.
Tremblez, etc.

Venez, trop aveugle jeunesse,
Venez vous instruire aux tombeaux ;
Vous connaîtrez enfin le prix de la sagesse,
Lorsque vous entendrez le récit de nos maux.
Tremblez, etc.

Venez, criminels de tout âge,
Vieillards, âge mur, jeunes gens,
Descendez dans ce lieu de fureur et de rage,
Vous entendrez les pleurs, les grincements de dents.
Tremblez, etc.

Dans cet océan de souffrances,
Comment raconter mes malheurs,
Percé par mille traits des célestes vengeances,
Victime de l'enfer, en proie à ses horreurs ?
Tremblez, etc.

Le plus grand de tous mes supplices
C'est d'être éloigné de mon Dieu,
De ne pouvoir aimer la source des délices,
Sa main me repoussant dans cet horrible lieu.
Tremblez, etc.

Le feu créé dans sa colère
Pénètre l'esprit et le corps ;
Ne respirant que feu, l'âme se désespère,
Et les cieux courroucés rendent vains ses efforts.
Tremblez, etc.

Du sein de ce lieu de ténèbres
S'élève une noire vapeur,
Les abîmes couverts de ces voiles funèbres
Ne sont plus qu'un séjour de supplice et d'horreur.
Tremblez, etc.

Un enfant transporté de rage
Maudit les auteurs de ses jours.
Leurs leçons, leur exemple ont causé son naufrage ;
A toute sa fureur il donne un libre cours.
Tremblez, etc.

Bonheur ! paradis de délices !
Beau ciel ! ô cité des élus !
J'étais créé pour vous ; et d'éternels supplices
Sont devenus ma part ; je suis mort sans vertus.
Tremblez, etc.

Le souvenir de tant de grâces
Est de tous le plus déchirant ;
Mondains, ingrats pécheurs, qui marchez sur mes traces,
Vous l'apprendrez un jour dans ce feu dévorant.
Tremblez, etc.

Si le Ciel, à mes vœux propice,
Devait un jour briser mes fers,
Que ne ferais-je pas pour calmer sa justice ?
Mais il faudra toujours souffrir dans les enfers.
Tremblez, etc.

PURGATOIRE.

10

Au fond des brûlants abîmes,
Nous gémissons, nous pleurons ;
Et pour expier nos crimes,
Loin de Dieu nous y souffrons.
    Hélas ! hélas !
Feu vengeur, de tes victimes,
Les pleurs ne t'éteignent pas.   } *bis.*

A l'aspect de nos supplices,
Chrétiens, attendrissez-vous :
A nos maux soyez propices.
O nos frères ! sauvez-nous.
    Hélas ! hélas !
Le Ciel, sans vos sacrifices,
Ne les abrégera pas.   } *bis.*

De ces flammes dévorantes
Vous pouvez nous arracher :
Hâtez-vous, âmes ferventes,
Dieu se laissera toucher.
    Hélas ! hélas !
De ces peines si cuisantes
La fin ne vient-elle pas ?   } *bis.*

Grand Dieu ! de votre justice
Désarmez le bras vengeur :
Que notre malheur finisse
Par le sang d'un Dieu sauveur !
    Hélas ! hélas !
Votre main libératrice
Ne s'ouvrira-t-elle pas ?   } *bis.*

CIEL.

11

Sainte cité, demeure permanente,
Sacré palais qu'habite le grand Roi
Où doit sans fin régner l'âme innocente,
Quoi de plus doux que de penser à toi ?

    O ma patrie !
    O mon bonheur !   }
    Toute ma vie   } *bis.*
Sois le vœu de mon cœur.

Répéter à chaque strophe : O ma patrie ! etc.

Dans tes parvis tout n'est plus qu'allégresse ;
C'est un torrent des plus chastes plaisirs :
On ne ressent ni peine ni tristesse,
On ne connaît ni regrets, ni soupirs.

Tes habitants ne craignent plus l'orage ;
Ils sont au port, ils y sont pour jamais :
Un calme entier devient leur doux partage ;
Dieu dans leur cœur verse un fleuve de paix.

De quel éclat ce Dieu les environne !
Ah ! je les vois tout brillants de clarté ;
Rien ne saurait y flétrir leur couronne :
Leur vêtement est l'immortalité.

Pour les élus il n'est plus d'inconstance,
Tout est soumis au joug du saint amour ;
L'affreux péché n'a plus là de puissance ;
Tout bénit Dieu dans cet heureux séjour.

Beauté divine, ô beauté ravissante !
Tu fais l'objet du suprême bonheur.
Oh ! quand naîtra cette aurore brillante
Où nous pourrons contempler ta splendeur ?

Puisque Dieu seul est notre récompense,
Qu'il soit aussi la fin de nos travaux ;
Dans cette vie, un moment de souffrance
Mérite au ciel un éternel repos.

⊰ 12. ⊱

Chantons les combats et la gloire
Des Saints nos illustres aïeux :
Ils ont remporté la victoire,
Ils sont couronné dans les cieux.
Il n'est plus pour eux de tristesse,
Plus de soupirs, plus de douleurs ;
Ils moissonnent dans l'allégresse
Ce qu'ils ont semé dans les pleurs.

Objet des tendres complaisances
De l'Éternel, du Tout-Puissant,
Ses grandeurs sont leurs récompenses ;
Son amour est leur aliment.
Le divin soleil de Justice
Toujours échauffe, toujours luit,
Sans que jamais il s'obscurcisse ;
C'est dans le ciel un jour sans nuit.

Là, d'une splendeur éternelle
Brillent les martyrs triomphants,
Et dans une gloire immortelle
Règnent les confesseurs constants.
Les vierges offrent leurs couronnes
Les époux leur fidélité,
Le riche montre ses aumônes,
Et le pauvre sa piété.

Là, d'une charité parfaite,
Tous les bienheureux sont unis ;
De cette paisible retraite
Tous les envieux sont bannis.
Il n'est plus de sollicitude
Qui trouble leur félicité ;
Ils sont dans une quiétude
Qui remplira l'éternité.

Grands Saints, vous êtes nos modèles,
Nous serons vos imitateurs ;
Nous voulons vous être fidèles,
Daignez être nos protecteurs.
Puissions-nous, marchant sur vos traces,
Etre toujours à Dieu soumis !
Sollicitez pour nous ses grâces,
Puisque vous êtes ses amis.

Vous habitez votre patrie,
Et nous errons comme étrangers ;
Votre sort est digne d'envie,
Et le nôtre plein de dangers.
Vous fûtes tout ce que nous sommes,
Au mal exposé comme nous ;
Demandez au Sauveur des hommes
Qu'un jour nous régnions avec vous.

VANITÉ DES CHOSES HUMAINES.

13.

Tout n'est que vanité,
Mensonge, fragilité.
Dans tous ces objets divers
Qu'offre à nos regards l'univers :
Tous ces brillants dehors,
Cette pompe,
Ces biens, ces trésors,
Tout nous trompe,

Tout nous éblouit,
Mais tout nous échappe et s'enfuit.
Telles qu'on voit les fleurs,
Avec leurs vives couleurs,
Eclore, s'épanouir,
Se faner, tomber et périr.
Tel est des vains attraits
Le partage ;
Tels l'éclat, les traits
Du bel âge,
Après quelques jours,
Perdent leur beauté pour toujours.
En vain, pour être heureux,
Le jeune voluptueux
Se plonge dans les douceurs
Qu'offrent les mondains séducteurs :
Plus il suit les plaisirs
Qui l'enchantent,
Et moins ses désirs
Se contentent ;
Le bonheur le fuit
A mesure qu'il le poursuit,
Que doivent devenir,
Pour l'homme qui doit mourir,
Ces biens longtemps ramassés,
Cet argent, cet or entassés?
Fût-il du genre humain
Seul le maître,
Pour lui tout enfin
Cesse d'être ;
Au jour de son deuil
Il n'a plus pour lui qu'un cercueil.
J'ai vu l'impie heureux
Porter son air fastueux
Et son front audacieux
Au-dessus du cèdre orgueilleux ;
Au loin tout révérait
Sa puissance,
Et tout adorait
Sa présence.
Je passe, et soudain...
Il n'est plus ; je le cherche en vain.
Au savant orgueilleux
Que sert un génie heureux,

Un nom devenu fameux
Par mille travaux glorieux?
Non, les plus beaux talents,
L'éloquence,
Les succès brillants,
La science,
Ne servent de rien
A qui ne sait vivre en Chrétien.
Arbitre des humains,
Dieu seul tient entre ses mains
Les événements divers
Et le sort de tous l'univers;
Seul il n'a qu'à parler,
Et la foudre
Va frapper, brûler,
Mettre en poudre
Les plus grands héros,
Comme les plus vils vermisseaux.
La mort, dans son courroux,
Dispense à son gré ses coups,
Et l'homme ne fut jamais
A l'abri d'un seul de ses traits,
Sur son triste retour
La vieillesse,
Dans son plus beau jour
La jeunesse,
L'enfance au berceau
Trouvent tour à tour leur tombeau.
Oh ! combien malheureux
Est l'homme présomptueux,
Qui dans ce monde trompeur
Croit pouvoir trouver son bonheur !
Dieu seul est immortel,
Immuable,
Seul grand, éternel,
Seul aimable,
Avec son secours,
Donnons-nous à lui pour toujours.

INVITATION A LA PENITENCE
14.

DIEU. Reviens, pécheur, à ton Dieu qui t'appélle,
Viens au plus tôt te ranger sous sa loi :

Tu n'as été déjà que trop rebelle :
Reviens à lui, puisqu'il revient à toi.

Le P. Voici, Seigneur, cette brebis errante
Que vous daignez chercher depuis longtemps ;
Touché, confus d'une si longue attente,
Sans plus tarder je reviens, je me rends.

Dieu. Pour t'attirer, ma voix se fait entendre ;
Sans me lasser, partout je te poursuis ;
D'un Dieu, pour toi, du père le plus tendre
J'ai les bontés, ingrat, et tu me fuis !

Le P. Errant, perdu, je cherchais un asile ;
Je m'efforçais de vivre sans effroi.
Hélas ! Seigneur, pouvais-je être tranquille
Si loin de vous, et vous si loin de moi ?

Dieu. Attraits, frayeurs, remords, secret langage,
Qu'ai-je oublié dans mon amour constant ?
Ai-je, pour toi, dû faire davantage ?
Ai-je, pour toi, dû même en faire autant ?

Le P. Je me repens de ma faute passée,
Contre le Ciel, contre vous j'ai péché ;
Mais oubliez ma conduite insensée,
Et ne voyez en moi qu'un cœur touché.

Dieu. Si je suis bon, faut-il que tu m'offenses ?
Ton méchant cœur s'en prévaut chaque jour.
Plus de rigueur vaincrait tes résistances,
Tu m'aimerais si j'avais moins d'amour.

Le P. Que je redoute un Juge, un Dieu sévère !
J'ai prodigué des biens qui sont sans prix ;
Comment oser vous appeler mon Père ?
Comment oser me dire votre fils ?

Dieu. Marche au grand jour que t'offre ma lumière,
A sa faveur tu peux faire le bien ;
La nuit bientôt finira ta carrière ;
Funeste nuit, où l'on ne peut plus rien.

Le P. Dieu de bonté, principe de tout être,
Unique objet digne de nous charmer,
Que j'ai longtemps vécu sans vous connaître !
Que j'ai longtemps vécu sans vous aimer !

Dieu. Ta courte vie est un songe qui passe,
Et de ta mort le jour est incertain !
Si j'ai promis de te donner la grâce,
T'ai-je jamais promis le lendemain ?

LE P. Votre bonté surpasse ma malice,
Pardonnez-moi ce long égarement ;
Je le déteste, il fait tout mon supplice,
Et, pour vous seul, j'en pleure amèrement.

DIEU. Le Ciel doit-il te combler de délices
Dans le moment qui suivra ton trépas,
Ou bien l'enfer t'accabler de supplices?
C'est l'un des deux, et tu n'y penses pas !

LE P. Je ne vois rien que mon cœur ne défie,
Malheurs, tourments, ou plaisirs les plus doux ;
Non, fallût-il cent fois perdre la vie,
Rien ne pourra me séparer de vous.

⊰ 15. ⊱

C'est trop longtemps être rebelle
A la voix d'un Dieu souverain
Aujourd'hui ce Dieu vous appelle ;
Ah ! que ce ne soit pas en vain !

CHŒUR.

Il est temps pécheur, ⎬ bis.
Revenez au Seigneur. ⎬

Pour un plaisir si peu durable
Qu'on goûte dans l'iniquité,
Faut-il que ce Maître adorable
De votre cœur soit rejeté !

C'est sa bonté qui vous fit naître :
Seul il mérite votre amour.
N'avez-vous de lui reçu l'être
Que pour l'outrager chaque jour ?

Si vous suivez toujours du crime
Les faux et dangereux appas,
Craignez de tomber dans l'abîme
Qui se prépare sous vos pas.

Quoi donc, toujours être insensible
Au péril de l'éternité !
Peut-on rien voir de plus horrible
Que votre insensibilité ?

Que votre état est déplorable !
Ah ! cessez de vous obstiner.
Voici le moment favorable
Où Dieu cherche à vous ramener.

SENTIMENTS DE CONTRITION.

16.

Hélas !
Quelle douleur
Remplit mon cœur,
Fait couler mes larmes !
Hélas !
Quelle douleur
Remplit mon cœur
De crainte et d'horreur !
Autrefois,
Seigneur, sans alarmes,
De tes lois
Je goûtais les charmes ;
Hélas !
Vœux superflus,
Beaux jours perdus,
Vous ne serez plus !

La mort
Déjà me suit ;
O triste nuit,
Déjà je succombe !
La mort
Déjà me suit ;
Le monde fuit ;
Tout s'évanouit.
Je la vois
Entr'ouvrant ma tombe,
Et sa voix
M'appelle, et j'y tombe.
O mort !
Cruelle mort !
Si jeune encor !...
Quel funeste sort !...

Frémis,
Ingrat pécheur ;
Un Dieu vengeur,
D'un regard sévère ;
Frémis,
Ingrat pécheur,
Un Dieu vengeur
Va sonder ton cœur.
Malheureux !

Entends son tonnerre,
Si tu peux,
Soutiens sa colère.
Frémis,
Seul aujourd'hui,
Sans nul appui,
Parais devant lui.

Grand Dieu !
Quel jour affreux
Luit à mes yeux !
Quel horrible abîme !
Grand Dieu !
Quel jour affreux
Luit à mes yeux !
Quels lugubres feux !
Oui, l'enfer,
Vengeur de mon crime,
Est ouvert.
Attend sa victime.
Grand Dieu !
Quel avenir !
Pleurer, gémir,
Toujours te haïr !

Beau ciel,
Je t'ai perdu ;
Je t'ai vendu
Pour de vains caprices.
Beau ciel,
Je t'ai perdu ;
Je t'ai vendu,
Regret superflu !
Loin de toi,
Toutes les délices
Sont pour moi
De nouveaux supplices.
Beau ciel,
Toi que j'aimais,
Qui me charmais,
Ne te voir jamais !...

O vous,
Amis pieux,

Toujours joyeux.
Et pleins d'espérance !
O vous,
Amis pieux,
Toujours joyeux,
Moi seul malheureux !
J'ai voulu
Sortir de l'enfance ;
J'ai perdu
L'aimable innocence ;
O vous,
Du ciel un jour
Heureuse cour !
Adieu sans retour.

Non, non,
C'est une erreur :
Dans mon malheur,
Hélas ! je m'oublie !
Non, non,
C'est une erreur ;
Dans mon malheur,
Je trouve un Sauveur,
Il m'entend,

Me réconcilie ;
Dans son sang
Je reprends la vie.
Non, non,
Je l'aime encor,
Et le remords
A changé mon sort.

Jésus,
Manne des cieux,
Pain des heureux,
Mon cœur te réclame.
Jésus,
Manne des cieux,
Pain des heureux,
Viens combler mes vœux.
Désormais,
Ta divine flamme
Pour jamais
Embrase mon âme.
Jésus.
O mon Sauveur,
Fais de mon cœur
L'éternel bonheur.

❖ 17 ❖

Mon doux Jésus, enfin voici le temps
De pardonner à nos cœurs pénitents :
Nous n'offenserons jamais plus ⎞ *bis.*
Votre bonté suprême, ⎠
O doux Jésus. *bis.*

Puisqu'un pécheur vous a coûté si cher,
Faites-lui grâce, il ne veut plus pécher.
Ah ! ne perdez pas cette fois ⎞ *bis.*
La conquête admirable ⎠
De votre croix. *bis.*

Enfin, mon Dieu, nous sommes à genoux,
Pour vous prier de nous pardonner tous ;
Pardonnez-nous, ô Dieu clément, ⎞ *bis.*
Lavez-nous de nos crimes ⎠
Dans votre sang. *bis.*

❖ 18 ❖

Mon Dieu, mon cœur, touché
D'avoir péché,

Demande grâce ;
Joignez à vos bienfaits
L'oubli de mes forfaits :
Je n'ose plus du ciel contempler la surface
Pardon ! mon Dieu, pardon ! mon Dieu, pardon !
Mon Dieu, pardon ! vous êtes un Dieu bon.   *bis.*

Ah ! pouvant expirer
Sans implorer
Votre clémence,
J'allais traîner mes fers
Dans le fond des enfers ;
N'exercez pas, mon Dieu, votre juste vengeance.
Pardon ! etc.

Vous me disiez souvent :
Viens, mon enfant,
Ma voix t'appelle,
J'allais à mes plaisirs,
Au gré de mes désirs :
Et depuis si longtemps vous souffrez un rebelle !
Pardon ! etc.

RÉSOLUTION DE SERVIR DIEU

19.

Mon cœur, en ce jour solennel,
Il faut enfin choisir un maître ;
Balancer serait criminel,
Quand Dieu seul est digne de l'être.
C'en est donc fait, ô Dieu Sauveur,   } *bis.*
A vous seul je donne mon cœur.

A qui doit-il appartenir,
Ce cœur qui vous doit l'existence,
Que vous avez daigné nourrir
De votre immortelle substance ?

A chaque strophe on répète : C'en est, etc.

A chercher la félicité,
Hélas ! en vain je me consume ;
Loin de vous tout est vanité,
Déplaisir, tristesse, amertume.

Vous seul pouvez me rendre heureux.
Je le sens ; oui, votre présence
A pleinement comblé mes vœux,
Et fixé ma longue inconstance.

Que sont tous les biens d'ici-bas ?
Qu'ils ont peu de valeur réelle !
Tous ensemble ils ne peuvent pas
Satisfaire une âme immortelle.
Que puis-je désirer de plus?
Je possède mon Dieu lui-même.
Ah ! tous les biens sont superflus,
Quand on jouit du bien suprême.
En vain, trop séduisants plaisirs,
Vous faites briller tous vos charmes,
Vous trompez toujours nos désirs,
Et vous finissez par des larmes.
Dans votre festin précieux,
Quelle innocente et douce ivresse.
Oh ! quel plaisir délicieux
Me fait goûter votre tendresse !
Le monde prétend à tout prix
Qu'à suivre ses lois je m'engage ;
Tu n'obtiendras que mon mépris,
Monde aussi trompeur que volage.
Vous m'avez dit avec douceur :
Mon enfant, prends mon joug aimable ;
Quand on le porte avec ardeur,
Il est léger, doux, agréable.
Qu'ils sont étonnants, vos bienfaits !
Leur grandeur fait mon impuissance ;
Et comment pourrai-je jamais
Acquitter ma reconnaissance?
Vous voulez bien me demander
De mon cœur la chétive offrande :
Hésiterais-je d'accorder
Ce que le Tout-Puissant demande ?
Oui, ce cœur vous est consacré,
Je veux que toujours il vous aime :
J'en atteste le don sacré
Qu'il tient de votre amour extrême.
C'en est donc fait, etc.

☙ 20. ❧

Bravons les enfers,
Brisons tous nos fers,
Sortons de l'esclavage ;
Unissons nos voix,

Rendons à la Croix
Un sincère et public hommage.

Jurons haine au respect humain,
Brisons cette idole fragile ;
Sur ces débris que notre main
Élève un trône à l'Evangile.　　Bravons, etc.

Chrétiens, d'une vaine terreur
Serons-nous toujours la victime ?
Qu'il soit banni de notre cœur,
Le cruel tyran qui l'opprime.　　Bravons, etc.

Sous le joug d'un monde censeur
Nous gémissons dès notre enfance ;
Recouvrons, vengeons notre honneur,
Proclamons notre indépendance.　　Bravons, etc.

Partout flottent les étendards
Qu'arbore à nos yeux la licence ;
Faisons briller à ses regards
La bannière de l'innocence.　　Bravons, etc.

Tout chrétien doit être un soldat
Rempli d'ardeur, né pour la gloire :
Quand son chef le mène au combat,
Tremblant, il fuirait la victoire !　　Bravons, etc.

Tandis que sur le champ d'honneur
La valeur signale les braves,
On me verrait, lâche et sans cœur,
Traînant les chaînes des esclaves !　　Bravons, etc.

Quoi ! vous rougissez, vils mortels.
Honteux d'être vus dans un temple,
Adorant au pied des autels
Le Grand Dieu que le ciel contemple !　　Bravons, etc.

D'hommes contre vous impuissants
Vous redoutez les vains murmures ;
Que feriez-vous si des tyrans
Il fallait subir les tortures ?　　Bravons, etc.

Ne profanez point ce saint lieu,
Allez, chrétiens pusillanimes !
Qui tremble trahira son Dieu :
La faiblesse est mère des crimes.　　Bravons, etc.

Lâches déserteurs de la foi,
Jésus-Christ commande à la foudre ;
Vous osez abjurer sa loi !
Craignez d'être réduits en poudre !　　Bravons, etc.

Tremblez, audacieux mortels,
Dieu diffère votre sentence ;
Ses arrêts seront éternels,
La justice aura sa vengeance.   Bravons, etc.

Voyez sillonner les éclairs,
Entendez gronder le tonnerre ;
Le Roi des cieux est dans les airs,
Il descend pour juger la terre.   Bravons, etc.

Venez, indignes apostats.....
Jésus n'était pas votre maître :
Il va punir vos attentats,
Feindrez-vous de le méconnaître ?   Bravons, etc.

Pâles et palpitants d'effroi,
Pour fléchir sa juste colère.
Tombant aux pieds de ce grand Roi,
Vous vous écriez : O mon Père !   Bravons, etc.

Quand vous méconnaissiez ma voix,
Vous répond le Dieu du Calvaire ;
Quand vous rougissiez de ma Croix,
Quel était alors votre Père ?   Bravons, etc.

Esclaves du respect humain,
Allez dans le fond des abimes ;
Allez maudits ; sachez enfin
Quel fut le plus grand de vos crimes. Bravons, etc.

Seigneur, ton camp sera le mien,
Tant qu'il coulera dans mes veines
Quelques gouttes du sang chrétien,
Monde, tes menaces sont vaines.   Bravons, etc.

Divin Roi, jusqu'à mon trépas
Mon cœur te restera fidèle ;
Puisse la Croix guidant mes pas,
Me voir tomber, mourir près d'elle ! Bravons, etc.

⊲ 21 ⊳

Refr. Armons-nous ; la voix du Seigneur.
Chrétiens, au combat nous appelle.
Ah ! voyez, voyez, qu'elle est belle,
La palme promise au vainqueur !
Elle est si noble, elle est si belle   } (bis.)
La palme promise au vainqueur !   }

Tout le cours de notre existence
N'est qu'un long et rude combat ;

L'homme ferme que rien n'abat
Seul obtiendra la récompense.
    Armons-nous, etc.

A l'aspect de notre courage,
L'enfer a frémi de courroux ;
Mille ennemis fondent sur nous,
Mais nous nous rions de leur rage.
    Armons-nous, etc.

Vain fantôme, idole fragile,
Trop funeste respect humain,
Tu nous menaces, mais en vain,
Nous tous soldats de l'Evangile.
    Armons-nous, etc.

Dans tes filets, ô monde impie !
Tu voudrais enlacer nos cœurs,
Empoisonner de tes erreurs
Le cours de toute notre vie.
    Armons-nous, etc.

Le bonheur qu'il promet sans cesse,
Pourra-t-il le donner jamais ?
Ses plaisirs ont d'amers regrets ;
Sa joie est une folle ivresse.
    Armons-nous, etc.

Du fond ténébreux des abîmes,
Entendez retentir ses fers ;
Du cruel tyran des enfers,
Chrétiens, serons-nous les victimes ?
    Armons-nous, etc.

Armé de l'étendard des braves,
Jésus va précéder nos pas,
Et nous préférons les combats
Aux viles chaînes des esclaves !
    Armons-nous, etc.

Non, Seigneur, la horde ennemie,
Non, ses cris de vaines fureurs
Ne sauraient amollir nos cœurs,
Nous le jurons sur notre vie !
    Armons-nous, etc.

Oui, pour prix de notre victoire,
Le Dieu pour qui nous combattons
S'apprête à couronner nos fronts
Des nobles lauriers de la gloire !
    Armons-nous, etc.

❖ 22. ❖

Refrain. Marchons au combat, à la gloire,
   Marchons sur les pas de Jésus,
   Nous remporterons la victoire
   Et la couronne des Elus.

Pourquoi languir dans l'esclavage ?
Pourquoi traîner des fers honteux ?
Régner au ciel est le partage
Du chrétien brave et généreux. — Marchons, etc.

De Jésus-Christ je suis le frère,
De l'Eternel je suis le fils ;
Mon cœur est plus grand que la terre :
Il me faut des biens infinis. — Marchons, etc.

Les Anges préparent des trônes
Au sein des célestes splendeurs ;
Je les vois tresser les couronnes
Qui vont ceindre les fronts vainqueurs, — Marchons, etc.

Au ciel dans la gloire immortelle
Je vois des parents, des amis ;
J'entends leur voix qui nous appelle :
Bientôt nous serons réunis. — Marchons, etc.

Faisons flotter à notre tête
L'étendard sacré de la croix ;
Volons, volons à la conquête
De l'empire du Roi des rois. — Marchons, etc.

Guerre à Satan, esprit immonde !
Guerre à l'infâme volupté ;
Guerre au mensonge. guerre au monde,
A Jésus-Christ fidélité ! — Marchons, etc.

O ciel, ô ma belle patrie ;
Pour toi je dois vivre et mourir ;
Pour toi le reste de ma vie,
Pour toi jusqu'au dernier soupir ! — Marchons, etc.

❖ 23 ❖

Le monde en vain, par ses biens. par ses charmes,
Veut m'engager à plier sous sa loi ;
Mais pour me vaincre il faut bien d'autres armes :
Je ne crains rien, Jésus est avec moi.   (*bis.*)

Venez, venez, fiers enfants de la terre,
Déchaînez-vous pour me remplir d'effroi ;
Quand de concert vous me feriez la guerre,
Je ne crains rien, Jésus est avec moi.   (*bis.*)

Cruel Satan, arme-toi de ta rage,
Que tes démons se liguent avec toi :
Tu ne pourras abattre mon courage ;
Je ne crains rien, Jésus est avec moi.   (*bis*).

Non, non, jamais la mort la plus cruelle
Ne me fera trahir ce divin Roi :
Jusqu'au trépas je lui serai fidèle ;
Je ne crains rien, Jésus est avec moi.   (*bis*).

Que les enfers, les airs, la terre et l'onde
Conspirent tous à me remplir d'effroi :
Quand je verrais sur moi crouler le monde,
Je ne crains rien, Jésus est avec moi.   (*bis*).

Divin Jésus, mon unique espérance,
Vous pouvez tout, mon Seigneur et mon Roi ;
Augmentez donc pour vous ma confiance ;
Je ne crains rien, Jésus est avec moi.   (*bis*).

24.

Quelle nouvelle et sainte ardeur
En ce jour transporte mon âme ?
Je sens que l'esprit créateur
De son feu tout divin m'enflamme.
Vive Jésus ! je crois, je suis chrétien ;
Censeurs, je vous méprise ;
Lancez, lancez vos traits, je ne crains rien,
Mon bras vainqueur les brise.

Il faut dans un noble combat,
Pour vous, Seigneur, que je m'engage ;
Vous m'avez fait votre soldat,
Vous m'en donnerez le courage.
Vive Jésus ! etc.

Du salut le signe sacré
Arme mon front pour ma défense ;
Devant lui l'Enfer conjuré
Perdra sa funeste puissance.
Vive Jésus ! etc.

Le mépris d'un monde insensé
Pourrait-il m'alarmer encore ?
Loin de m'en trouver offensé,
Je sens aujourd'hui qu'il m'honore.
Vive Jésus ! etc.

Dans sa fureur, l'impiété
Veut me ravir le Dieu que j'aime ;

Je veux, fort de la vérité,
Lui dire toujours anathème.
   Vive Jésus ! etc,

On a vu de faibles agneaux
Triompher de l'aveugle rage
Et des tyrans et des bourreaux ;
Faible comme eux, Dieu m'encourage.
   Vive Jésus ! etc.

Enfant des généreux martyrs,
Puissè-je égaler leur constance,
Et trouver mes plus doux plaisirs
Au sein même de la souffrance !
   Vive Jésus! etc.

A la mort fallût-il s'offrir,
Ou perdre, hélas ! mon innocence,
Grand Dieu ! je consens à mourir,
Ne souffre pas que je balance.
   Vive Jésus! etc,

Seigneurs, à vos aimables lois
Le grand nombre serait rebelle,
Que mon cœur, constant dans son choix,
Y serait encor plus fidèle.
   Vive Jésus ! etc.

Être à vous. c'est là notre honneur,
Divin conquérant de nos âmes !
Vous servir est notre bonheur,
O céleste objet de nos flammes !
   Vive Jésus ! etc.

Chrétiens ! ranimons notre ardeur ;
Contemplons la palme immortelle !
Le ciel la promet au vainqueur,
Combattons et mourons pour elle.
   Vive Jésus ! etc,

❖ 25 ❖

Je suis chrétien ! voilà ma gloire,
Mon espérance et mon soutien,
Mon chant d'amour et de victoire ;
Je suis chrétien !   *(bis)*.
Je suis chrétien ! à mon baptême
L'eau sainte a coulé sur mon front ;
La grâce, en ce moment suprême,
De mon âme a lavé l'affront.   Je suis.

Je suis chrétien ! j'ai Dieu pour père ;
A sa loi je veux obéir ;
Avec sa grâce salutaire,
Pour lui je veux vivre et mourir .   Je suis.

Je suis chrétien ! je suis le frère
De Jésus-Christ, mon rédempteur ;
L'aimer, le servir et lui plaire,
Fera ma gloire et mon bonheur.   Je suis.

Je suis chrétien ! je suis le temple
De l'Esprit-Saint, du Dieu d'amour ;
Celui que tout le ciel contemple
Possède mon cœur sans retour.   Je suis.

Je suis chrétien ! ô sainte Eglise,
Je suis devenu votre enfant ;
Plein d'amour, d'une foi soumise,
Je suivrai votre enseignement.   Je suis.

Je suis chrétien ! j'ai pour bannière
La croix de mon divin Sauveur ;
Mes ennemis me font la guerre,
Mais je me ris de leur fureur.   Je suis.

Je suis chrétien ! sur cette terre
Je passe comme un voyageur.
Ici-bas, tout n'est que misère,
Rien ne saurait remplir mon cœur.   Je suis.

Je suis chrétien ! ô ma patrie,
Beau ciel, j'irai te voir un jour,
En Dieu, je trouverai la vie,
La paix, le bonheur et l'amour.   Je suis.

PRINCIPAUX ARTICLES DE LA DOCTRINE CHRÉTIENNE
26.

I.

(Un Dieu créateur et rémunérateur. — Ses principaux attributs.)

Crois un Dieu créateur du ciel et de la terre,
Qui conserve et gouverne en maître l'univers ;
Infini, juste et bon : de l'homme il est le père,
Réserve aux bons le ciel, (aux méchants les enfers). *bis*.

Refrain.

Oui, Seigneur, nous croyons ces vérités divines,
Mais daignez augmenter cette foi dans nos cœurs ;

Nul ne sera sauvé, s'il ne tient ces doctrines,
Et ne s'efforce en tout (d'y conformer ses mœurs). *bis.*

II.

(Mystère de la Sainte Trinité, révélé de Dieu.)

Crois de la Trinité le mystère suprême :
Trois personnes en Dieu : Père, Fils, Saint-Esprit.
Ils sont tous trois égaux, leur nature est la même ;
L'Église, notre mère, (ainsi de Dieu l'apprit). *bis.*
    Oui, Seigneur, nous croyons, etc.

III.

(Mystère de l'Incarnation. — Péché originel.)

Pour laver dans son sang la tache originelle,
Crois que le Fils de Dieu pour nous s'est incarné.
Sans Jésus, l'homme était à la mort éternelle,
Pour le péché d'Adam, (justement condamné). *bis.*
    Oui, Seigneur, nous croyons, etc.

IV.

(Mystère de la Rédemption. — Abrégé de la vie de J.-C.)

Conçu du Saint-Esprit, né d'une Vierge-Mère,
Humble, pauvre et soumis, parmi nous il vécut ;
Guérit nos maux, prêcha l'Evangile à la terre,
Et pour nous racheter (sur la croix il mourut). *bis.*
    Oui, Seigneur, nous croyons, etc.

V.

(Résurrection. — Ascension. — Jugement dernier.)

Mais bientôt, sur la mort remportant la victoire,
A la droite du Père il monta dans le ciel.
Un jour nous le verrons descendre, plein de gloire,
Pour prononcer à tous (notre arrêt éternel). *bis.*
    Oui, Seigneur, nous croyons, etc.

VI.

(Saint-Esprit. — Justification du pécheur.)

Le Père t'a créé par sa toute-puissance ;
Le Fils pour te sauver a versé tout son sang ;
L'Esprit-Saint, de ses dons t'accordant l'abondance,
Rend ton cœur juste et saint, (de Dieu te fait l'enfant). *bis.*
    Oui, Seigneur, nous croyons, etc.

VII.

(Nécessité de la Prière, — de la Grâce, — de la fréquentation des Sacrements.)

Adresse au Ciel une humble et constante prière ;
Sans la grâce à tout bien nous sommes impuissants ;
De Jésus, par Marie, obtiens force et lumière,
Et surtout avec foi (recours au sacrement). *bis.*

Oui, Seigneur, nous croyons, etc.

VIII.

(Confession. — Fuite de l'occasion.)

Dieu du plus grand pécheur reçoit la pénitence ;
Reviens humble et contrit ; sois franc dans tes aveux ;
Sois ferme en ton propos ; sauve ton innocence
De toute occasion, (de tout mal dangereux). *bis.*

Oui, Seigneur, nous croyons, etc.

IX.

(Motifs de contrition. — Maux qu'entraîne le péché.)

Pour haïr ton péché, songe aux maux qu'il amène ;
Monte au ciel en esprit, vois quel trône tu perds !...
Descends, et des damnés, vois l'éternelle peine !...
Viens au Calvaire, et là, (verse des pleurs amers). *bis.*

Oui, Seigneur, nous croyons, etc.

X.

(Eucharistie. — Communion fréquente).

Dans la communion, Dieu t'offre en nourriture
Son corps, son sang, son âme et sa divinité.
S'il change ici pour toi les lois de la nature,
Il veut que ce banquet, (soit par toi fréquenté). *bis.*

Oui, Seigneur, nous croyons, etc.

XI.

(Eglise. — Institution divine. — Infaillibilité. — Suprématie du Pape. — Perpétuité.)

Crois encor qu'ici-bas il a fondé l'Eglise ;
De son Esprit divin il l'assiste toujours ;
Comme à son chef suprême, au Pape il l'a soumise,
Avec elle il sera, (jusqu'à la fin des jours). *bis.*

Oui, Seigneur, nous croyons, etc.

XII.

(Fins dernières de l'homme.)

Souviens-toi que pour lui Dieu t'a mis sur la terre ;
Le temps fuit, la mort vient, et puis l'éternité !
Ou le ciel, ou l'enfer au bout de ta carrière... ..
Connais, aime et sers Dieu : (le reste est vanité). *bis.*
Oui, Seigneur, nous croyons, etc.

FIDÉLITÉ A GARDER LE SAINT JOUR DU DIMANCHE.

27.

Du Tout-Puissant la parole féconde,
Pour tout créer n'employa que six jours :
Et le septième en contemplant le monde,
De ses travaux Dieu suspendit le cours.
L'homme, ici-bas, pour rendre à Dieu la gloire,
De ce repos gardera la mémoire.

Gardons-le bien le saint jour du Seigneur !
Gardons-le bien, soyons à Dieu fidèles,
Et dans les cieux, des fêtes éternelles·
Nous goûterons l'ineffable bonheur.   *(bis.)*

Oui, Dieu le veut, la terre est son domaine,
Il a parlé, nous sommes ses sujets ;
Obéissance à sa loi souveraine ;
Peuple chrétien, respectons ses décrets.
Maître du temps et des jours qu'il nous donne,
Il nous invite au repos, il l'ordonne.   Gardons, etc.

Il faut, pour vivre, en de longues journées
De notre front répandre la sueur ;
Mais sans repos nos forces épuisées
Succomberont devant tant de labeurs :
La loi de Dieu, paternelle sagesse,
De notre corps soulage la faiblesse.   Gardons, etc.

Dans les travaux des champs ou de l'usine,
En un vil gain plaçant tout son bonheur,
L'homme oublierait sa fin, son origine,
Il oublierait son âme et sa grandeur.
Dans ce saint jour, à Dieu rendant hommage,
Il comprendra qu'il est de Dieu l'image.   Gardons, etc.

Qu'il est heureux au sein de sa famille
Cet ouvrier qui cesse les travaux !

Autour de lui la douce gaîté brille,
C'est une fête et l'oubli de ses maux.
A ses enfants il montre sa tendresse,
Et dans leur cœur fait germer la sagesse ! Gardons, etc.

L'homme est un roi détrôné sur la terre,
Vous le voyez aux travaux condamné ;
Il se relève aux jours de la prière.
Il se sent libre, il n'est plus enchaîné.
Aspire au ciel, regarde ta couronne,
Brave ouvrier, Dieu te prépare un trône. Gardons, etc.

Quand, prosterné sur les dalles du temple,
L'homme soumis vient adorer son Dieu,
L'ange du ciel, étonné, le contemple,
Ah ! c'est un frère, exilé dans ce lieu !
Un jour bientôt, en la même patrie,
Un même amour leur donnera la vie ! Gardons, etc.

Nous promettons Seigneur, obéissance,
Nous renonçons aux travaux défendus !
Nous espérons de vous la récompense,
Nous attendons le repos des élus !
Dès ici-bas, montrez-vous notre Père,
Et loin de nous écartez la misère !   Gardons, etc.

LE CHRÉTIEN TOUT A DIEU.

28.

Il n'est pour moi qu'un seul bien sur la terre,
Et c'est Dieu seul : Dieu seul est mon trésor.
Dieu seul, Dieu seul allége ma misère,
Et vers Dieu seul mon cœur prendra l'essor.
　　Je bénis sa tendresse;
　　Je répète sans cesse
Ce cri d'amour, cet élan d'un grand cœur :
Dieu seul, Dieu seul, voilà le vrai bonheur.   *bis.*

Dieu seul, Dieu seul guérit toute blessure ;
Dieu seul, Dieu seul est un puissant secours ;
Dieu seul suffit à l'âme droite et pure,
Et c'est Dieu seul qu'elle cherche toujours.
　　Doux transport de mon âme ;
　　Ah ! je sens qu'il m'enflamme,
Ce cri d'amour, cet élan de grand cœur :
Dieu seul, Dieu seul, voilà le vrai bonheur.   *bis.*

Quel déplaisir pourra jamais atteindre
Cet heureux cœur que Dieu seul peut charmer !
Grand Dieu ! quels maux ce cœur pourra-t-il craindre ?
Il n'en est point quand on sait vous aimer.
 Aimer un si bon Père,
 C'est commencer sur terre
Ce chant d'amour de la sainte cité :
Dieu seul, Dieu seul, pour une éternité !   *bis.*

⊹ 29. ⊹

Refrain. De tous les biens que tu nous donnes,
 Le seul qui puisse nous charmer,
 Ce n'est ni l'or ni les couronnes :
 Mon Dieu, c'est le don de t'aimer. (*bis*)

 A tes attraits c'est faire outrage
 Que de vouloir se partager :
 C'est donc à toi que je m'engage
 Aujourd'hui pour ne plus changer.
  De tous les biens, etc.

 Jouet d'une fausse sagesse,
 Je courais au dernier malheur ;
 Mais enfin de ma folle ivresse,
 Ta grâce a dissipé l'erreur.
  De tous les biens, etc.

 Allez, allez, beautés du monde,
 Tous vos appas sont superflus ;
 C'est sur mon Dieu que je me fonde,
 D'autres biens ne me touchent plus.
  De tous les biens, etc.

 Dans cet exil, rien n'est durable,
 Et tout y doit finir son cours ;
 Dieu seul est à jamais aimable,
 C'est lui que j'aimerai toujours.
  De tous les biens, etc.

 Dieu de mon cœur, oui, je l'atteste,
 Dans ce jour j'embrasse ta loi ;
 A tes pieds, je jure et proteste
 De ne plus vivre que pour toi.
  De tous les biens, etc.

CANTIQUE D'ACTION DE GRACES.

30.

Bénissons à jamais *bis.*
Le Seigneur dans ses bienfaits ! *bis.*

Bénissez-le, saints Anges,
Louez sa majesté ;
Rendez à sa bonté
Mille et mille louanges.

A chaque strophe on répète

Bénissons.

Oh ! que c'est un bon Père!
Qu'il a grand soin de nous !
Il nous supporte tous,
Malgré notre misère.

Comme un pasteur fidèle,
Sans craindre le travail,
Il ramène au bercail
Une brebis rebelle.

Il a brisé ma chaîne, [queur;
Comme un puissant vain-
Et comme un doux Sauveur,
Il m'a mis hors de peine.

Il a guéri mon âme,
Comme un bon médecin ;

Comme un maître divin,
Il m'éclaire et m'enflamme.

Il me comble à toute heure
De grâce et de faveur ;
Dans le fond de mon cœur
Il a pris sa demeure.

Que tout loue en ma place
Un Dieu si plein d'amour,
Qui me fait chaque jour
Une nouvelle grâce.

Sa bonté me supporte,
Sa lumière m'instruit,
Sa beauté me ravit,
Son amour me transporte

Oui, sa douceur m'entraîne.
Sa grâce me guérit,
Sa force m'affermit,
Sa charité m'enchaîne.

Dieu seul est ma tendresse,
Dieu seul est mon soutien,
Dieu seul est tout mon bien,
Je redirai sans cesse :

Bénissons à jamais [faits.
Le Seigneur dans ses bien-

CRI D'AMOUR A JÉSUS.

31.

Vive Jésus !
C'est le cri de mon âme.
Vive Jésus, le maître des vertus.
Aimable nom, quand ma voix te réclame,
D'un nouveau feu pour toi mon cœur s'enflamme :
Vive Jésus !   (*bis.*)

Vive Jésus !
C'est le cri qui rallie
Sous ses drapeaux le peuple des élus.
Suivre Jésus, c'est aussi mon envie ;
Suivre Jésus, c'est mon bien, c'est ma vie.
Vive Jésus !   (*bis.*)

Vive Jésus !
  C'est un cri d'espérance
Pour les pécheurs repentants et confus ;
Sur eux du Ciel attirant la clémence,
Ce nom sacré soutient leur pénitence.
  Vive Jésus !   (bis.)

  Vive Jésus !
  A ce cri de vaillance,
Je verrai fuir les démons éperdus.
Un mot suffit pour dompter leur puissance,
Pour terrasser leur superbe insolence.
  Vive Jésus !   (bis.)

  Vive Jésus !
  Cri de reconnaissance
D'un cœur touché des biens qu'il a reçus :
L'enfer veut-il troubler sa confiance,
Il dit encore avec plus d'assurance :
  Vive Jésus !   (bis.)

  Vive Jésus !
  C'est mon cri d'allégresse,
O Dieu caché sous un pain qui n'est plus ;
Quand aux douceurs d'une céleste ivresse,
Je reconnais l'objet de ma tendresse :
  Vive Jésus !   (bis.)

  Vive Jésus !
  C'est le cri de victoire
Des bienheureux que le Ciel a reçus ;
De leurs combats consacrant la mémoire,
Ce nom puissant éternise leur gloire :
  Vive Jésus !   (bis.)

  Vive Jésus !
  Vive sa tendre mère !
Elle est aussi la mère des élus ;
Si nous l'aimons, si nous voulons lui plaire,
Chantons Jésus, notre Dieu notre frère.
  Vive Jésus !   (bis.)

  Vive Jésus !
  Qu'en tous lieux la victoire
Mette à ses pieds les méchants confondus !
O nom sacré, nom cher à ma mémoire,
Puissé-je vivre et mourir pour ta gloire !
  Vive Jésus !   (bis.)

TRIOMPHE DE LA CROIX.

32.

Vive Jésus, vive sa Croix ! [me,
N'est-il pas bien juste qu'on l'ai-
Puisqu'en expirant sur ce bois,
Il nous aima plus que lui-même!
Chrétiens, chantons à haute
[voix : } b.
Vive Jésus, vive sa Croix !

Vive Jésus, vive sa Croix ;
Le Seigneur l'ayant épousée,
Elle n'est plus comme autrefois,
Un objet d'horreur, de risée.
Chrétiens, etc.

Vive Jésus, vive sa Croix !
Arbre dont le fruit salutaire
Répare le mal qu'autrefois
Fit le péché du premier père.
Chrétiens, etc.

Vive Jésus, vive sa Croix !
C'est l'étendard de la victoire ;
Par elle il nous donna ses lois,
Par elle il entra dans sa gloire.
Chrétiens, etc.

Vive Jésus, vive sa Croix ! [de
De tous nos biens source fécon-
Qui dans le sang du Roi des rois
A lavé les péchés du monde.
Chrétiens, etc.

b. Vive Jésus, vive sa Croix !
La chaire de son éloquence,
Où me prêchant ce que je crois,
Il m'apprend tout par son si-
Chrétiens, etc.   [lence.

Vive Jésus, vive sa Croix !
Ce n'est plus le bois que j'adore,
Mais c'est mon Sauveur sur ce
[bois
Que je révère et que j'implore.
Chrétiens, etc.

Vive Jésus, vive sa Croix !
Prenons-là pour notre partage ;
Ce juste, cet aimable choix
Conduit au céleste héritage.
Chrétiens, chantons à haute
[voix : } b.
Vive Jésus, vive sa Croix !

MYSTÈRE DE LA PASSION.

✦ 33. ✦

Au sang qu'un Dieu va répandre,
Ah ! mêlez du moins vos pleurs,
Chrétiens, qui venez entendre
Le récit de ses douleurs.
Puisque c'est pour vos offenses
Que ce Dieu souffre aujourd'hui
Animés par ses souffrances,
Vivez et mourez pour lui.

Dans un jardin solitaire
Il sent de rudes combats,
Il prie, il craint, il espère ;
Son cœur veut et ne veut pas ;

Tantôt la crainte est plus forte,
Tantôt l'amour est plus fort ;
Mais enfin l'amour l'emporte,
Et lui fait choisir la mort.

Judas, que la fureur guide,
L'aborde d'un air soumis ;
Il l'embrasse... et ce perfide
Le livre à ses ennemis.

Judas, un pécheur t'imite
Quand il feint de l'apaiser :
Souvent sa bouche hypocrite
Le trahit par un baiser.

On l'abandonne à la rage
De cent tigres inhumains ;
Sur son aimable visage
Les soldats portent leurs mains.
Vous deviez, anges fidèles,
Témoins de ces attentats,
Ou le mettre sous vos ailes,
Ou frapper tous ces ingrats.

Ils le traînent au grand prêtre,
Qui seconde leur fureur,
Et ne veut le reconnaître
Que pour un blasphémateur !
Quand il jugera la terre,
Ce Sauveur aura son tour ;
Aux éclats de son tonnerre
Tu le connaîtras un jour.

Tandis qu'il se sacrifie,
Tout conspire à l'outrager :
Pierre lui-même l'oublie,
Et le traite d'étranger ;
Mais Jésus perce son âme
D'un regard tendre et vainqueur
Et met d'un seul trait de flamme
Le repentir dans son cœur.

Chez Pilate on le compare
Au dernier des scélérats !
Qu'entends-je, ô peuple barbare,
Tes cris sont pour Barabbas !
Quelle indigne préférence !
Le juste est abandonné ;
On condamne l'innocence,
Et le crime est pardonné.

On le dépouille, on l'attache,
Chacun arme son courroux.
Je vois cet Agneau sans tache
Tombant presque sous les coups.
C'est à vous d'être victimes ;
Arrêtez, cruels bourreaux,
C'est pour effacer vos crimes
Que son sang coule à grands flots.

Une couronne cruelle,
Perce son auguste front :
A ce chef, à ce modèle,
Mondains, vous faites affront.
Il languit dans les supplices.
C'est un homme de douleurs ;
Vous vivez dans les délices,
Vous vous couronnez de fleurs.

Il marche, il monte au Calvaire,
Chargé d'un infâme bois.
De là, comme d'une chaire,
Il fait entendre sa voix :
Ciel, dérobe à ta vengeance
Ceux qui m'osent outrager.
C'est ainsi, quand on l'offense,
Qu'un chrétien doit se venger.

Une troupe mutinée
L'insulte et crie à l'envi :
Qu'il change sa destinée,
Et nous croirons tous en lui !
Il peut la changer sans peine,
Malgré vos nœuds et vos clous ;
Mais le nœud qui seul l'enchaîne,
C'est l'amour qu'il a pour nous.

Ah ! de ce lit de souffrance,
Seigneur ne descendez pas :
Suspendez votre puissance,
Restez-y jusqu'au trépas.
Mais tenez votre promesse,
Attirez-nous après vous ;
Pour prix de votre tendresse
Puissions-nous y mourir tous.

Il expire, et la nature,
En lui pleure son auteur ;
Il n'est point de créature
Qui ne marque sa douleur.
Un spectacle si terrible
Ne pourra-t-il me toucher,
Et serai-je moins sensible
Que n'est le plus dur rocher ?

CANTIQUES AU TRÈS-SAINT SACRÉMENT.

34

Par les chants les plus magnifiques,
Sion, célèbre ton Sauveur ;
Exalte dans les saints cantiques
Ton Dieu, ton chef et ton pasteur :
Redouble aujourd'hui, pour lui plaire,
Ton amour, tes soins empressés ;
Jamais tu n'en pourras trop faire,
Tu n'en feras jamais assez.　　　　　　　　(bis.)

Ouvre ton cœur à l'allégresse,
A l'ardeur des plus vifs transports,
Lorsque son immense largesse
T'ouvre elle-même ses trésors :
Près de consommer son ouvrage,
Il consacra son dernier jour
A te laisser ce tendre gage,
Ce souvenir de son amour.　　　　　　　　(bis.)

Offert sur la table mystique,
L'agneau de la nouvelle loi
Mit un terme à la Pàque antique,
Qui figurait le nouveau roi.
La vérité succède à l'ombre,
La vieille loi s'évanouit,
La clarté chasse la nuit sombre,
Et la loi de grâce nous luit.　　　　　　　　(bis.)

Jésus de son amour extrême
Veut éterniser le bienfait :
Ce que d'abord il fit lui-même,
Le prêtre à son ordre le fait ;
Il change, ô prodige admirable
Qui fait l'étonnement des cieux !
Le pain en son corps adorable,
Le vin en son sang précieux.　　　　　　　　(bis)

L'œil se méprend, l'esprit chancelle
Il cherche d'un Dieu la splendeur ;
Mais toujours ferme, un vrai fidèle
Sans hésiter voit son Seigneur ;
Son sang pur nous est un breuvage,
Sa chair devient un aliment :
Les espèces sont le nuage
Qui nous cache ce grand présent,　　　　　　　　(bis.)

On voit le juste et le coupable
S'approcher du banquet divin,
Se ranger à la même table,
Prendre place au même festin ;
Chacun reçoit la même hostie :
Mais qu'ils diffèrent dans leur sort !
Le juste tremble et boit la vie ;
L'impie affronte et boit la mort.   (*bis.*)

Ce fils, sous la main paternelle,
Près de se voir percer le flanc ;
Cette victime solennelle
Dont l'Hébreu vit couler le sang,
La manne, au goût délicieuse,
Qui tous les jours tombait des cieux.
Sont la figure précieuse
Du prodige offert à nos yeux.   (*bis.*)

Je te salue, ô pain de vie !
Ah ! viens soutenir ma langueur !
Les anges me portent envie
Et s'étonnent de mon bonheur.
Mets des élus, divine manne,
Pain céleste, objet de mes chants.
Loin de toi la bouche profane :
Dieu te réserve à ses enfants.   (*bis.*)

Aux besoins de notre misère
Jésus se livre entièrement.
Dans la crèche il est notre frère,
Et sur l'autel notre aliment ;
Quand il mourut sur le Calvaire,
Il fut la rançon du pécheur ;
Triomphant dans son sanctuaire,
Il est du juste le bonheur.   (*bis.*)

Honneur, amour, louange et gloire
Te soient rendus, ô bon Pasteur !
Vis à jamais dans ma mémoire ;
Sois toujours présent à mon cœur,
O pain des forts ! par ta puissance
Soulage mon infirmité ;
Fais qu'engraissé de ta substance,
Je règne dans l'éternité.   (*bis.*)

⊰ 35 ⊱

Chantons en ce jour   Chantons en ce jour
Jésus et sa tendresse extrême; Et ses bienfaits et son amour

Il a daigné lui-même
Descendre dans nos cœurs ;
De ce bonheur suprême
Célébrons les douceurs.
  Chantons, etc.

  O Dieu de grandeur.
Plein de respect, je vous révère;
  O Dieu de grandeur !
J'adore dans vous mon Sei-
Si ce profond mystère [gneur.
Vient éprouver ma foi,
C'est l'amour qui m'éclaire
Et vous découvre en moi.
  O Dieu, etc.

  Mon divin Epoux.
Mon âme à vous seul s'aban-
  Mon divin Epoux, [donne :
Mon âme n'a d'espoir qu'en
                    [vous.
Que l'enfer gronde et tonne,
Qu'il s'arme de fureur :
Il n'a rien qui m'étonne,
Jésus est dans mon cœur.
  Mon divin, etc.

  Aimons le Seigneur, [plaire.
Ne cherchons jamais qu'à lui

  Aimons le Seigneur,
Il fera seul notre bonheur.
Ami le plus sincère,
Généreux bienfaiteur,
Il est plus, il est Père :
Donnons-lui notre cœur.
  Aimons, etc.

  Pour tous vos bienfaits,
Que vous offrir, ô divin Maître?
  Pour tous vos bienfaits,
Je me donne à vous pour jamais.
En moi je sentis naître
Les transports les plus doux.
Quand je pus vous connaître
Et m'attacher à vous.
  Pour tous, etc.

  O Dieu tout-puissant,
Par votre aimable Providence,
  O Dieu tout-puissant,
Conservez mon cœur inno-
                    [cent.
Dès ma plus tendre enfance,
Vous guidâtes mes pas ;
Sauvez mon innocence,
Couronnez mes combats.
  O Dieu, etc.

⊰ 36. ⊱

Célébrons ce grand jour par des chants d'allégresse;
  Nos vœux sont enfin satisfaits;
Bénissons le Seigneur, publions sa tendresse ;
  Chantons ses bontés, ses bienfaits.
  Pour nous, tout pécheurs que nous sommes,
  Il descend des cieux en ce jour :
  C'est parmi les enfants des hommes
  Qu'il aime à fixer son séjour.
  Chantons sous ces voûtes antiques
  Le Dieu qui règne sur nos cœurs;
  Exaltons par de saints cantiques
  Et son amour et ses faveurs.   (bis.)

En ce jour solennel, nourris du pain des Anges,
  Bénissons-le, jeunes chrétiens ;
Chantons-le tour à tour, répétons les louanges

Du Dieu qui nous comble de biens.
Bon Père, à des enfants qu'il aime,
Cieux, admirez tant de bonté !
Il donne, en se donnant lui-même,
Le pain de l'immortalité.
    Chantons, etc.

Quoi! Seigneur, en tremblant l'univers te contemple,
    La terre a frémi devant toi ;
Et du cœur d'un enfant tu veux faire ton temple,
    Et tu t'abaisses jusqu'à moi !
    Ah! puissé-je, avant qu'infidèle
    Je perde un si cher souvenir,
    Mourir comme la fleur nouvelle,
    Cueillie avant de se flétrir !
    Chantons, etc.

Oui, Seigneur, désormais, rangés sous ton empire,
    Nous y voulons vivre et mourir.
Mais ce vœu que l'amour aujourd'hui nous inspire,
    Pouvons-nous, sans toi, l'accomplir ?
    C'est toi qui nous donnas la vie ;
    Que ta grâce en règle le cours :
    Que ta loi, constamment suivie,
    Console enfin nos derniers jours.
    Chantons, etc.

37

Que cette voûte retentisse
Des voix et des chants des mortels ;
Que tout ici s'anéantisse,   } bis.
Jésus paraît sur nos autels.

Quoique caché dans ce mystère
Sous les apparences du pain,
C'est notre Dieu, c'est notre Père,   } bis.
C'est le Sauveur du genre humain.

O divin époux de nos âmes !
Dans cet auguste Sacrement,
Embrasez-nous tous de vos flammes   } bis.
En vous faisant notre aliment.

38

L'encens divin embaume cet asile ;
Quel doux concert, quel chant mélodieux !
Mon cœur se tait et mon âme est tranquille :
La paix du ciel habite dans ces lieux.

O Pain de vie !
O mon Sauveur !
L'âme ravie
Trouve en vous son bonheur.

{ bis.

Pour embellir le temple de mon âme,
Le Très-Haut daigne y fixer son séjour,
Je le possède, il m'inspire, il m'enflamme,
Je l'ai trouvé, je l'aime sans retour,
   O pain de vie, etc.

Je vous adore au dedans de moi-même,
Je vous contemple à l'ombre de la foi,
Mon Dieu ! mon tout ! félicité suprême !
Je ne vis plus, mais Jésus vit en moi !
   O pain de vie, etc.

O saints transports ! vive et douce allégresse !
Chastes ardeurs ! divins embrassements !
O plaisirs purs ! délicieuse ivresse !
Mon cœur se perd en ces ravissements !
   O pain de vie, etc.

Que vous rendrai-je, ô, Sauveur plein de charmes,
Pour tous les dons que j'ai reçus de vous ?
Prenez ce cœur, et recueillez ces larmes ;
C'est le tribut dont vous êtes jaloux.
   O pain de vie, etc.

Tant qu'à la nuit une aurore nouvelle
Succèdera pour ramener le jour,
Je l'ai juré, je vous serai fidèle :
Je vous promets un immortel amour.
   O pain de vie, etc.

Ah ! que ma langue, immobile et glacée,
En ce moment s'attache à mon palais,
Si dans mon cœur s'efface la pensée
De votre amour, comme de vos bienfaits !
   O pain de vie, etc.

⊰ 39 ⊱

Dans ce profond mystère,
Où la foi sait le voir !
Tout en nous le révère,
Tu fixes notre espoir ;

A la fin de la vie,
Divine Eucharistie,

Nourris par toi du pain d'amour,
Dans la cité chérie
Nous te verrons un jour.

Puisse notre tendresse
Obtenir de ton cœur
La sublime sagesse,
Qui mème au vrai bonheur !
    A la fin de la vie, etc.

Que tout en nous s'unisse
Pour chanter tes bienfaits ;
Que ta bonté bénisse
Nos vœux et nos souhaits.
    A la fin de la vie, etc.

Sur nous daigne répandre
Tes bénédictions.
Et fais-nous bien comprendre
La grandeur de tes dons.
    A la fin de la vie, etc.

⟶ 40 ⟵

O Roi des cieux !
Vous nous rendez tous heureux,
Vous comblez tous nos vœux
En résidant pour nous dans ces lieux.

Prodige d'amour,
Dans ce séjour
Vous vous immolez pour nous chaque jour ;
A l'homme mortel
Vous offrez un aliment éternel,
    O Roi des cieux ! etc.

Seigneur, vos enfants
Reconnaissants
Vous offrent les plus tendres sentiments ;
Leurs cœurs sans retour
Veulent brûler du feu de votre amour.
    O Roi des cieux ! etc.

Chantons tous en chœur :
Amour, honneur
A Jésus, notre aimable Rédempteur !
Chantons à jamais
De son amour les éternels bienfaits.
    O Roi des cieux ! etc.

⟨ 41 ⟩

Courbons nos fronts respectueux ;
Sous ces voiles mystérieux
L'amour cache le Roi des cieux,
Unissons nos joyeux cantiques
Aux accents des chœurs angéliques !
O Jésus ! nous le jurons tous :
Nous n'aimerons jamais que vous.

Honneur au Pontife immortel
Qui, chaque jour, au saint autel,
S'offre en sacrifice éternel :
Pour nous communiquer la vie,
Il vit et meurt en cette hostie.
O Jésus ! nous le jurons tous :
Nous n'aimerons jamais que vous.

Tendre Pasteur, de vos enfants
Ecoutez les humbles accents ;
Bénissez-les dans tous les temps.
Ils vous ont loué dès l'aurore,
Le soir il vous loueront encore.
O Jésus ! nous le jurons tous :
Nous n'aimerons jamais que vous.

⟨ 42. ⟩

Chœur. Le voici, l'Agneau si doux,
Le vrai pain des Anges !
Du ciel il descend pour nous.
Adorons-le tous !

C'est un tendre Père,
C'est le bon Pasteur,
Un ami sincère ;
C'est notre Sauveur.

Dans ce saint mystère,
Objet de ma foi,
Je crois, je révère
Mon maître et mon roi.

De ta vive flamme,
Feu du saint amour,
Consume mon âme
En cet heureux jour.

Mais de ma misère,
Dieu de sainteté,

Que l'aveu sincère.
Touche ta bonté.

Epoux de mon àme,
Entends mes soupirs ;
Mon cœur te réclame,
Remplis mes désirs,

Le voici... silence,
Oh ! quelle faveur !
Mon Jésus s'avance.
Il est dans mon cœur.

43.

Mon doux Jésus ne paraît pas encore ;
Trop longue nuit, dureras-tu toujours ?
  Tardive aurore,
  Hàte ton cours ;
Rends-moi Jésus, ma joie et mes amours,
Mon doux Jésus, que seul j'aime et j'implore. (bis.)

De ton flambleau déjà les étincelles,
Astre du jour, raniment mes désirs ;
  Tu renouvelles
  Tous mes soupirs.
Servez mes vœux, avancez mes plaisirs,
Anges du ciel, portez-moi sur vos ailes. (bis.)

Je t'aperçois, asile redoutable,
Où l'éternel descend de sa grandeur ;
  Temple adorable
  Du Rédempteur,
Si dans tes murs il voile sa splendeur,
Ce Dieu d'amour n'en est que plus aimable. (bis.)

Sans nul éclat le vrai Dieu va paraître :
De cet autel il vient s'unir à moi :
  Est-ce mon Maître ?
  Est-ce mon Roi ?
Laissez, mes yeux, laissez agir ma foi :
Un œil chrétien ne peut le méconnaître. (bis.)

44

Soupirons, gémissons, pleurons amèrement :
On délaisse Jésus au Très-Saint Sacrement ;
On l'oublie, on l'insulte en son amour extrême :
On l'attaque, on l'outrage, et dans sa maison même.

Que de gens chez les grands pour leur faire la cour !
Leur maison en est pleine, et la nuit et le jour ;
Mais l'église est déserte, elle est abandonnée :
Une heure qu'on y passe y paraît une année.

Gémis, mon cœur, gémis ; pleurez, mes yeux, pleurez ;
On ne voit presque plus dans nos temples sacrés,
Que des gens curieux, légers et même impies,
Qui déshonorent Dieu par mille immodesties

Eh quoi ! faire la guerre à Dieu, quel attentat !
Attaquer son Sauveur et son seul avocat !
Au trône de sa grâce, insulter sa justice !
Pour un si grand forfait, point d'assez grand supplice.

Ah ! je suis outragé par mes propres amis,
Plus cruels mille fois que tous mes ennemis.
Ainsi se plaint Jésus, à vous, âmes fidèles :
Réparez en ce jour ces injures cruelles.

Si notre sang, grand Dieu, pouvait vous rendre honneur.
Frappez, percez. tranchez, immolez jusqu'au cœur ;
Ne nous regardez plus que comme des victimes,
Prêtes à tout souffrir pour expier nos crimes.

Nous voici prosternés au pied de vos autels :
Vous pouvez, nous frapper nous sommes criminels ;
Mais si vous regardez votre sang et nos larmes,
De vos mains, Dieu d'amour, vont s'échapper les armes.
Oui, Seigneur, pardonnez à de pauvres pécheurs.
Et détournez de nous les flots de vos rigueurs.
Pardon. cœur de Jésus, cœur tendre, cœur aimable ;
De grâce, recevez notre amende honorable.

CANTIQUES A LA SAINTE VIERGE.

45.

Refrain. Je suis l'enfant de Marie,
    Et ma mère chérie,
     Me bénit chaque jour.
   Je suis l'enfant de Marie,
C'est le cri de mon cœur, c'est mon refrain d'amour,
    C'est mon refrain d'amour.   (*bis.*)
    Qu'il est heureux, ô tendre mère,
    Celui qui t'a donné son cœur !
    Est-il un état sur la terre
    Qui puisse égaler son bonheur ?
     Je suis, etc.

Emblème de sa douce vie,
Le lis grandit dans le vallon ;
Jamais sa tige n'est flétrie
Par le souffle de l'aquilon.

   Je suis, etc.

Et quand l'astre du jour dévore
La plaine de ses feux ardents,
Pour lui naissent à chaque aurore
Les fleurs charmantes du printemps.

   Je suis, etc.

O vous, que la douleur oppresse,
Venez implorer sa bonté ;
Vous trouverez dans sa tendresse
Le calme et la félicité.

   Je suis, etc.

Que craindrait l'enfant de Marie ?
Sa mère est la Reine des cieux,
Et du cœur humble qui la prie,
Elle aime à bénir tous les vœux.

   Je suis, etc.

❖ 46 ❖

Chrétiens, qui combattons aujourd'hui sur la terre,
Souvenons-nous toujours au milieu du danger,
Souvenons-nous qu'au ciel nous avons une mère
Dont le bras tout-puissant saura nous protéger.

  Refrain. Notre-Dame de la Victoire
    De l'enfer triomphe en ce jour ;
    Encore un chant de gloire,
    Encore un chant d'amour.

Plaçons en elle seule une ferme espérance ;
Que nos cœurs dévoués l'aiment jusqu'au trépas,
Et que de notre sein son nom béni s'élance
Pour nous rallier tous au plus fort des combats.

   Notre-Dame, etc.

C'est la tour de David, inexpugnable asile
Qui du démon jaloux brave tous les assauts ;
C'est l'arche défiant, dans sa marche tranquille,
Et la fureur des vents et la rage des flots.

   Notre-Dame, etc.

Dans les temps où l'erreur dominait sur le monde,
Quand l'Église luttait contre tous les tyrans ;

Vous priiez, ô Marie, et la grâce féconde
Enfantait chaque jour de nouveaux combattants:
Notre-Dame, etc.

Plus tard, si l'hérésie arbore sa bannière,
Si l'antique serpent soudain s'est redressé,
Vierge, vous paraissez.. Satan dans la poussière,
Sous votre pied vainqueur se débat écrasé.
Notre-Dame, etc.

O Vierge immaculée et mille fois bénie,
Ajoutez à vos dons un don plus précieux :
Faites qu'après le cours d'une pieuse vie,
Et pasteur et troupeau soient reçus dans les cieux.
Notre-Dame, etc.

Et si le monde encor contre nous se déchaîne,
S'il brave le Très-Haut, s'il outrage ses lois,
Marie, apprenez-nous à mépriser la haine
De tous ses ennemis qui blasphèment la croix.
Notre-Dame, etc.

Donnez à vos enfants la force et le courage,
Un courage à l'épreuve et du fer et du feu,
Prêts à sacrifier, si la lutte s'engage,
Nos âmes et nos corps en holocauste à Dieu.
Notre-Dame, etc.

⊹ 47 ⊹

REFRAIN.

C'est le nom de Marie
Qu'on célèbre en ce jour ;
O famille chérie,
Chantez ce nom d'amour.

C'est le nom d'une mère.
Chantez, heureux enfants ;
Unissez pour lui plaire
Et vos cœurs et vos chants.
C'est le nom, etc.

C'est un nom de puissance,
Un nom plein de douceur ;
Mais toujours sa clémence
Surpasse sa grandeur.
C'est le nom, etc.

C'est un nom de victoire,
Il dompte les enfers ;

Il nous donne la gloire
De briser tous nos fers...
C'est le nom, etc.

C'est un nom d'espérance
Au pécheur repentant,
Un gage d'innocence
Au cœur juste et fervent.
C'est le nom, etc.

Il n'est rien de plus tendre,
Il n'est rien de plus fort ;
Le ciel aime à l'entendre ;
Pour l'enfer c'est la mort.
C'est le nom, etc.

Que le nom de ma mère,
Au dernier de mes jours,
Soit toute ma prière,
Qu'il soit tout mon secours.
C'est le nom, etc.

❦ 48. ❦

O Mère chérie,
Place-moi
Un jour dans la patrie
Près de toi,

Je suis aimé de toi, mère chérie.
Ce doux penser fait palpiter mon cœur ;
C'est un parfum qui réjouit ma vie
Et dans l'exil me donne le bonheur !
   O Mère chérie, etc.

Quand viendra-t-il ce jour, Mère chérie,
Où je pourrai reposer sur ton cœur ?
Je veux du moins, ô divine Marie,
Chanter ton nom pour calmer ma douleur.
   O Mère chérie, etc.

Le voyageur, au nom de sa patrie,
Sentit toujours renaître sa vigueur :
Ton nom puissant, ô divine Marie,
A plus encor d'empire sur mon cœur.
   O Mère chérie, etc.

Dans les ennuis à mon âme flétrie
Ton nom si cher rend le calme et la paix ;
Dès qu'on t'implore, ô puissante Marie,
Le Ciel sourit et verse ses bienfaits.
   O Mère chérie, etc.

Ce nom si doux pour un enfant qui prie,
Je le redis mille fois chaque jour ;
Et je le sens, ô divine Marie,
Ton œil sur moi repose avec amour.
   O Mère chérie, etc.

❦ 49. ❦

Je mets ma confiance.
Vierge, en votre secours :
Servez-moi de défense,
Prenez soin de mes jours ;
Et quand ma dernière heure
Viendra fixer mon sort,
Obtenez que je meure
De la plus sainte mort.

A votre bienveillance,
O Vierge, j'ai recours ;
Soyez mon assistance
En tous lieux et toujours ;
Vous-même êtes ma mère ;
Jésus est votre fils ;
Portez-lui la prière
De vos enfants chéris.

A dessein de vous plaire,
O Reine de mon cœur !
Je promets ne rien faire
Qui blesse votre honneur.
Je veux que, par hommage,
Ceux qui me sont sujets,
En tous lieux, à tout âge,
Prennent vos intérêts.

Voyez couler mes larmes,
Mère du bel amour,
Finissez mes alarmes
Dans ce triste séjour ;
Venez rompre mes chaînes,
Je veux aller à vous :
Aimable Souveraine,
Régnez, régnez sur nous.

⊰ 50. ⊱

Bonne Marie,
Mère chérie,
Tu veux que je sois ton enfant.
Bonne Marie,
Mère chérie,
Je le suis ; j'en fais le serment.

Du ciel à mon âme ravie
J'entends redire à chaque instant :
« Mon fils, seras-tu de Marie,
« Pour jamais seras-tu l'enfant ?   Bonne.

« Du monde si la voix impie
« Te dit : « Renonce à ton serment ! »
« Réponds-lui : « Je suis à Marie ;
« Pour jamais je suis son enfant. »   Bonne.

« Pour toi mon amour est sincère :
« Pour moi le lien l'est-il autant ?
« Moi, je t'aime comme une mère :
« Toi, m'aimes-tu comme un enfant ?   Bonne.

« Quand, à la fin de ta carrière,
« Tu fermeras ton œil mourant,
« Ne crains pas que ta bonne mère
« Abandonne alors son enfant.   Bonne.

« Conduit par moi dans la patrie
« Où l'éternel bonheur t'attend,
« Tu t'écrieras : « Vierge Marie,
« Qu'il est doux d'être ton enfant ! »   Bonne.

⊰ 51 ⊱

D'une mère chérie
Célébrons la grandeur ;
Consacrons à Marie
Et nos voix et nos cœurs.

Refr. De concert avec l'ange,
Quand il la salua,
Disons à sa louange
Un *Ave Maria.*

Modeste créature,
Elle plut au Seigneur ;
Et Vierge toujours pure,
Enfanta le Sauveur.
De concert, etc.

Nous étions la conquête
Du tyran des enfers ;
En écrasant sa tête,
Elle a brisé nos fers.
De concert, etc.

Que l'espoir se rélève
Dans nos cœurs abattus ;
Par cette nouvelle Eve,
Les cieux nous sont rendus.
De concert, etc.

O Marie, ô ma mère,
Prenez soin de mon sort :
C'est en vous que j'espère
A la vie, à la mort.
De concert, etc.

O céleste lumière,
O source de bonheur,
Exaucez la prière
Que vous offre mon cœur.
De concert, etc.

Obtenez-nous la grâce,
A notre dernier jour,
De vous voir face à face
Au céleste séjour.
De concert, etc.

⊰ 52. ⊱

Unis aux concerts des anges,
Aimable Reine des cieux,
Nous célébrons tes louanges
Par nos chants mélodieux,
De Marie
Qu'on publie
Et la gloire et les grandeurs !
Qu'on l'honore,
Qu'on l'implore,
Qu'elle règne sur nos cœurs !

Auprès d'elle la nature
Est sans grâce et sans beauté,
Les cieux mêmes sans parure,
L'astre du jour sans clarté,
De Marie, etc.

C'est le lis de la vallée
Dont le parfum précieux
Sur la terre désolée
Attira le Roi des cieux.
De Marie, etc.

C'est l'auguste sanctuaire
Que le Dieu de majesté
Inonda de sa lumière,
Embellit de sa beauté !
De Marie, etc.

C'est la Vierge incomparable,
Gloire et salut d'Israël,
Qui pour un monde coupable
Fléchit le courroux du Ciel.
 De Marie, etc.

C'est la Vierge, c'est Marie :
Dans ce nom que de douceur !
Nom d'une mère chérie,
Nom doux espoir du pécheur.
 De Marie, etc.

Ah ! vous seuls pouvez nous dire,
Mortels qui l'avez goûté,
Combien doux est son empire,
Combien grande est sa bonté.
 De Marie, etc.

Qui jamais de la détresse
Lui fit entendre le cri,
Et n'obtint de sa tendresse
Sous son aile un sûr abri ?
 De Marie, etc.

Vous qui d'un monde perfide
Craignez les puissants appas,
Si Marie est votre égide,
Vous ne succomberez pas.
 De Marie, etc,

En vain l'enfer en furie
Frémirait autour de vous ;
Si vous invoquez Marie,
Vous braverez son courroux.
 De Marie, etc.

Oui, je veux, ô tendre mère,
Jusqu'à mon dernier soupir
T'aimer, te servir, te plaire,
Et pour toi vivre et mourir.
 De Marie, etc.

⊹ 53. ⊹

Vierge sainte, rose vermeille,
Toi dont nous aimions les autels,
Du haut des cieux, prête l'oreille
A nos cantiques solennels.
Tu sais que nous voulons te plaire,

T'aimer, te bénir tous les jours :
Vierge, montre-toi notre mère,
    Toujours !

Celui qu'écrasa ta puissance.
Veille à la porte de nos cœurs,
Et pour nous ravir l'innocence,
Sous nos pas il sème des fleurs.
Nous pourrions, ingrats, te déplaire,
Toi qui nous combles de bienfaits :
Nous, t'oublier, auguste mère ?
    Jamais !

Du mondain si l'indifférence
D'amertume abreuve ton cœur,
Lors même que, dans ta clémence,
Tu tends les bras à son malheur,
Nous, du moins, nous voulons te plaire,
T'aimer, te bénir tous les jours :
Vierge, montre-toi notre mère,
    Toujours !

Malheur à l'aveugle coupable
Qui trahirait l'heureux serment
Qu'il te fit, Reine tout aimable,
De te servir fidèlement !
Plutôt mourir que te déplaire,
Toi, qui nous combles de bienfaits :
Nous, t'oublier, auguste mère ?
    Jamais !

❧ 54. ❧

Salut, ô Vierge immaculée,
Brillante étoile du matin !
Que l'âme ici-bas exilée
N'a jamais invoquée en vain ;
De tes enfants exauce les prières,
Du haut du ciel daigne les protéger.
Mère bénie entre toutes les mères,
Sois-nous propice à l'heure du danger. } *bis.*

Heureux l'enfant qui se confie
En tes maternelles bontés !
Il ne craint ni l'onde en furie,
Ni l'effort des vents irrités.

Autour de lui, des barques étrangères
Il voit au loin les débris surnager,
Mère bénie entre toutes les mères.
Sois-nous propice à l'heure du danger. } *bis*

Conduits au port notre nacelle,
Malgré les vents, malgré les flots :
Préserve la vierge fidèle
De l'écueil caché sous les eaux,
Sans ton secours, sans tes soins tutélaires,
La vague, hélas ! viendra la submerger,
Mère bénie entre toutes les mères,
Sois-nous propice à l'heure du danger. } *bis*.

Veille sur nous, tendre Marie,
Surtout à l'heure du trépas ;
Fais qu'en la céleste patrie
Ton fils nous reçoive en ses bras.
Quand, précédé d'éclairs et de tonnerres,
Avec rigueur il viendra nous juger,
Mère bénie entre toutes les mères,
Sois-nous propice en ce pressant danger. } *bis*.

55

Triomphez, Reine des cieux,
A vous bénir que tout s'empresse :
Triomphez, Reine des cieux.
Dans tous les temps, dans tous les lieux,
Que l'amour nous prête,
En ce jour de fête,
Que l'amour nous prête
Ses plus doux accords,
Et que notre voix s'apprête
A seconder ses efforts.
Triomphez, etc.

Célébrons, en ce saint jour,
Les vertus de l'humble Marie ;
Célébrons, en ce saint jour,
Et ses bienfaits et son amour.
Sans cesse enrichie,
Jeunesse chérie,
Sans cesse enrichie
Des plus heureux dons ;

C'est de la main de Marie,
Enfants, que nous les tenons,
  Triomphez, etc.

Qu'à jamais de ses faveurs
Nous sachions bénir notre Mère ;
Qu'à jamais de ses faveurs
Le souvenir charme nos cœurs.
  Ravis de lui plaire,
  Le ciel et la terre,
  Ravis de lui plaire,
  Chantent ses bienfaits :
Vos enfants, ô tendre Mère,
Vous oublieraient-ils jamais ?
  Triomphez, etc.

Achevez notre bonheur,
Comblez notre reconnaissance ;
Achevez notre bonheur,
Et gravez en nous votre cœur.
  Guidez de l'enfance,
  Par votre puissance,
  Guidez de l'enfance
  Les pas chancelants :
Et que l'aimable innocence
Couronne nos derniers ans.
  Triomphez, etc.

56.

Pourquoi cette vive allégresse
Qui brille sur nos fronts joyeux?
Pourquoi ces nouveaux chants d'ivresse
Dont retentissent ces beaux lieux?
Enfants d'une mère chérie,
A la fin du mois vénéré,
Portons nos tributs à Marie,
Au pied de son trône sacré.

Ch. Vierge, reçois cette couronne,
Fais qu'elle soit le gage heureux
De celle qu'auprès de ton trône
Tu nous réserves dans les cieux. } bis.

Pour la gloire de votre Reine
Quittant vos sacrés pavillons,
Autour de votre souveraine,
Anges, rangez vos bataillons;

Le front incliné vers la terre,
Mêlez votre amour et vos chants
A ceux que pour leur tendre mère
Font éclater tous ses enfants.

Ch. Vierge, reçois, etc.

Et vous, ornement de la terre,
Croissez, croissez, charmantes fleurs,
C'est pour le front de votre mère
Que nous destinons vos couleurs.
Vierge, ici-bas pour ta couronne,
Les fleurs nous offrent leurs présents :
Fais qu'un jour, auprès de ton trône,
Ta couronne soit tes enfants.

Ch. Vierge, reçois. etc.

Hélas ! de la saison nouvelle
Les fleurs ne bravent point le temps,
Mais les dons d'une âme fidèle
Durent plus que leur doux printemps.
De tes vertus, ô Vierge pure,
Si tu daignes nous revêtir,
Rien ne flétrira la parure
Dont tu sauras nous embellir.

Ch. Vierge, reçois, etc.

Marie, aimable protectrice,
Sur tes enfants jette les yeux.
Vers eux étends ta main propice,
Et prête l'oreille à leurs vœux.
Nous demandons tous l'espérance,
De la foi le précieux don ;
L'innocent la persévérance,
Et le coupable son pardon.

Ch. Vierge, reçois, etc.

⊰ 57 ⊱

Mère de Dieu, quelle magnificence
Orne aujourd'hui cet auguste séjour !
C'est en ces lieux que mon heureuse enfance
Vint à tes pieds te vouer son amour
Tendre Marie !
O mon bonheur !
Toujours chérie,
Tu vivras dans mon cœur,
} *bis.*

O mon refuge ! ô ma reine ! ô ma mère !
Combien sur moi tu verses de bienfaits !
Combien de fois, dans ce doux sanctuaire,
Mon triste cœur a retrouvé la paix !
Tendre Marie ! etc.

Mon œil à peine avait vu la lumière,
Et ton amour veillait sur mon berceau :
Tous mes instants, ô mon aimable mère,
Furent marqués par un bienfait nouveau.
Tendre Marie ! etc.

Anges, soyez témoins de ma promesse !
Cieux, écoutez ce serment solennel !
« Oui, c'en est fait, mon cœur, plein de tendresse,
« Jure à Marie un amour éternel. »
Tendre Marie ! etc.

Si je pouvais, infidèle et volage,
Un seul instant cesser de te chérir,
Tranche mes jours à la fleur de mon âge,
Je t'en conjure, ah ! laisse-moi mourir.
Tendre Marie ! etc.

RÉNOVATION DES VOEUX DU BAPTÊME

58.

Quand l'eau sainte du baptême,
Coula sur vos fronts naissants,
Et qu'un Dieu, la bonté même,
Vous adopta pour enfants,
Muets encore,
D'autres promirent pour vous :
Aujourd'hui confessez tous
La foi dont un chrétien s'honore.

Chœur.   Foi de nos pères,
Notre règle et notre amour,
Nous embrassons, dans ce jour,
Et la morale et les mystères.

Annoncé par mille oracles,
Et de la terre l'espoir,
L'Homme-Dieu, par ses miracles,
Fait éclater son pouvoir.
Victime pure,
Il triomphe du trépas ;

Et je n'adorerais pas
En lui l'auteur de la nature !

Chœur.   Foi de nos pères, etc.

Par un funeste héritage,
Nos parents, avec le jour,
Nous transmirent en partage
La haine d'un Dieu d'amour.
    En vain je crie,
Le Ciel repousse mes pleurs ;
Mais Jésus a dit : Je meurs ;
Et sa mort me rend à la vie.

Chœur.   Foi de nos pères, etc.

Ciel ! quelle robe éclatante !
Quel bain pur et bienfaisant !
Quelle parole puissante
D'un Dieu m'a rendu l'enfant !
    Je te baptise...
Les cieux s'ouvrent, plus d'enfer,
Et des anges le concert
M'introduit au sein de l'Eglise.

Chœur.   Foi de nos pères, etc.

De quel œil de complaisance
Vous me vîtes, ô mon Dieu !
Quand, revêtu d'innocence,
On m'emporta du saint lieu !
    Pensée amère !
O beau jour trop tôt passé !
Hélas ! je me suis lassé,
Mon Dieu, de vous avoir pour père.

Chœur.   Foi de nos pères, etc.

J'ai blessé votre tendresse,
Violé vos saintes lois :
Vous me rappeliez sans cesse,
Je repoussais votre voix.
    Ah ! si mes larmes
Ont mérité mon pardon,
Je puis de votre maison,
Seigneur, encor goûter les charmes.

Chœur.   Foi de nos pères, etc.

Loin de moi, monde profane !
Fuis, ô plaisir séduisant !
L'Evangile vous condamne ;
Vous blessez en caressant.

Sous votre empire,
Mon Dieu, sont les vrais trésors ;
Vos douceurs sont sans remords ;
C'est pour elles que je soupire.
Chœur.   Foi de nos pères, etc.

Loin de ces palais coupables
Où s'agite le pécheur,
Sous vos pavillons aimables
J'irai jouir du bonheur ;
Avant l'aurore,
Mon cœur vous appellera ;
Et quand le jour finira,
Mes chants vous béniront encore.
Chœur.   Foi de nos pères, etc.

59.

J'engageai ma promesse au baptême ;
Mais pour moi d'autres firent serment :
Dans ce jour je vais parler moi-même,
Je m'engage aujourd'hui librement.   *(bis.)*

Je crois donc en un Dieu trois personnes,
De mon sang je signerais ma foi :
Faible esprit, vainement tu raisonnes,
Je m'engage à le croire, et je crois.   *(bis.)*

A la foi de ce premier mystère
Je joindrai la foi d'un Dieu Sauveur ;
Sous les lois de l'Eglise ma mère,
Je m'engage d'esprit et de cœur.   *(bis.)*

Sur les Fonts, dans une eau salutaire,
Pour enfant Dieu daigna m'adopter ;
Si j'en ai souillé le caractère,
Je m'engage à le mieux respecter.   *(bis.)*

Je renonce aux pompes de ce monde,
A la chair, à tous ses vains attraits :
Loin de moi, Satan, esprit immonde !
Je m'engage à le fuir pour jamais.   *(bis.)*

Faux plaisirs, source infâme de vices,
Trop longtemps vous fûtes mon amour ;
Je renonce à vos fausses délices,
Je m'engage à Dieu seul sans retour.   *(bis.)*

Oui, mon Dieu, votre seul Evangile
Réglera mon esprit et mes mœurs :
Dussiez-vous en frémir, chair fragile,
Je m'engage à toutes ses rigueurs.   (bis.)

Ah ! Seigneur, qui sait bien vous connaître,
Sent bientôt que votre joug est doux :
C'en est fait, je n'ai point d'autre maître,
Je m'engage à ne servir que vous.   (bis.)

Sur vos pas, ô mon divin modèle,
Plus heureux qu'à la suite des rois,
Plein d'horreur pour ce monde infidèle,
Je m'engage à porter votre croix.   (bis.)

Si le ciel d'un moment de souffrance,
Doit, Seigneur, être le prix un jour ;
Animé par cette récompense,
Je m'engage à tout pour votre amour.   (bis.)

C'est, mon Dieu, dans vous seul que j'aspire
A fixer mes plaisirs et mes goûts.
Pour le ciel c'est peu que je soupire :
Je m'engage à soupirer pour vous.   (bis.)

Puisque enfin dans le ciel, ma patrie,
De mes biens vous serez le plus doux,
Dès ce jour, et pour toute ma vie,
Je m'engage et je suis tout à vous.   (bis.)

AVANTAGE DE LA FERVEUR.
60.

Goûtez, âmes ferventes,
Goûtez votre bonheur ;
Mais demeurez constantes
Dans votre sainte ardeur.

Heureux le cœur fidèle
Où règne la ferveur !
Il possède avec elle
Tous les dons du Seigneur, b.

Elle est le vrai partage
Et le sceau des élus ;
Elle est l'appui, le gage
Et l'âme des vertus.

Répéter à chaque strophe :
Heureux, etc.

Par elle la foi vive
S'allume dans les cœurs,
Et sa lumière active
Guide et règle nos mœurs.

Par elle l'espérance
Ranime nos soupirs,
Et croit jouir d'avance
Des célestes plaisirs.

Par elle dans les âmes
S'accroît de jour en jour
L'activité des flammes
Du pur et saint amour.

C'est sa vertu puissante
Qui garantit nos sens

De l'amorce attrayante
Des plaisirs séduisants.

C'est sous sa vigilance
Que l'esprit et le cœur
Gardent leur innocence
Et souvent leur pudeur.

C'est elle qui de l'âme
Dévoile la grandeur,
Et le zèle s'enflamme
Par sa vive chaleur.

De l'âme pénitente
Elle adoucit les pleurs,
Et de l'âme souffrante
Elle éteint les douleurs.

Celui qui fut docile
A vivre sous ses lois,
Courut d'un pas agile
La route de la croix.

Par elle, du martyre
Les sanglantes rigueurs
Au cœur qui le désire
N'offrent que des douceurs

Elle est pour qui seconde
Ses généreux efforts
Une source féconde
De célestes trésors.

Une larme sincère,
Un seul soupir du cœur,
Par elle a de quoi plaire
Aux yeux purs du Seigneur.

C'est elle qui prépare
Tous ces traits de beauté
Dont la main de Dieu pare
Les saints dans sa clarté.

Sous ses heureux auspices,
On goûte les bienfaits,
Les charmes, les délices
De la plus douce paix,

Mais sans sa vive flamme,
Tout déplaît, tout languit,
Et la beauté de l'âme
Se fane et dépérit.

Heureux le cœur fidèle
Où règne la ferveur,
Il possède avec elle
Tous les dons du Seigneur. *b.*

POUR LE TEMPS DE L'AVENT.

61.

Venez, divin Messie,
Sauvez nos jours infortunés ;
Venez, source de vie,
Venez, venez, venez.
Ah! descendez, hâtez vos pas,
Sauvez les hommes du trépas,
Secourez-nous, ne tardez pas.
Venez, etc.

Ah! désarmez votre courroux;
Nous soupirons à vos genoux;
Seigneur, nous n'espérons qu'en
[vous
Pour nous livrer la guerre,
Tous les enfers sont déchaînés;
Descendez sur la terre,
Venez, etc.

Que nous souffrons de maux
[divers !
L'affreux démon nous tient aux
[fers,
Il veut nous conduire aux enfers!
Vous voyez l'esclavage
Où vos enfants sont condamnés,
Conservez votre ouvrage.
Venez, etc.

Eclairez-nous, divin flambeau;
Parmi les ombres du tombeau,
Faites briller un jour nouveau.
Au plus cruel supplice,
Nous auriez-vous abandonnés ?
Ah ! soyez-nous propice.
Venez, etc.

Que nos soupirs soient entendus!
Les biens que nous avons perdus
Ne nous seront-ils point rendus?
 Voyez couler nos larmes,
Grand Dieu! si vous nous par-
 [donnez,
Nous n'avons plus d'alarmes,
 Venez, etc.

Si vous venez en ces bas lieux,
Nous vous verrons, victorieux,
Fermer l'enfer, ouvrir les cieux.
 Nous l'espérons sans cesse :

Les cieux nous furent destinés;
 Tenez votre promesse.
 Venez, etc.

Ah! puissions-nous chanter un
 [jour,
Dans votre bienheureuse cour
Et votre gloire et votre amour!
 C'est là l'heureux partage
De ceux que vous prédestinez :
 Donnez-nous-en le gage.
 Venez, etc.

SCAPULAIRE DE LA PASSION

Le Scapulaire de la Passion ne date que de 1847. Il fut approuvé le 25 juin de cette même année, par Sa Sainteté Pie IX, à la suite de plusieurs apparitions dont Jésus-Christ daigna favoriser une fille de la Charité de Saint-Vincent-de-Paul, à Paris. Notre-Seigneur tenait à la main un scapulaire, dont les deux pièces de laine rouge étaient suspendues à deux cordons en laine de la même couleur. Sur un côté, le divin Sauveur était représenté attaché à la croix, au pied de laquelle étaient les instruments de la Passion, avec ces paroles autour du crucifix : *Sainte Passion de Notre-Seigneur, sauvez-nous.* Sur l'autre côté, se voyaient les images des sacrés Cœurs de Jésus et de Marie, avec ces mots : *Sacrés Cœurs de Jésus et de Marie, protégez-nous.* Voici pourquoi ce scapulaire, dans le diplôme de concession, est appelé *Scapulaire rouge de la Passion et du très-sacré Cœur de Notre-Seigneur Jésus-Christ, et du Cœur très-aimant et compatissant de la bienheureuse Vierge Marie immaculée.*

Le jour de l'Exaltation de la Sainte-Croix, en 1847, Notre-Seigneur, s'étant montré à sa servante, lui dit qu'une grande augmentation de foi, d'espérance et de charité étaient réservée, tous les vendredis, à ceux qui porteraient ces précieuses livrées de sa Passion.

Voici les indulgences dont Pie IX a enrichi ce Scapulaire :

Indulgences plénières. — 1º Le jour de la réception, moyennant confession, communion, visite d'une église ou d'un oratoire public, avec prières, durant quelque temps, aux intentions de Sa Sainteté. 2º Tous les vendredis de l'année, aux conditions de se confesser et de communier, de méditer quelque temps sur la Passion de Notre-Seigneur, et de prier pour la concorde entre les princes chrétiens, l'extirpation des hérésies, et l'exaltation de la sainte Eglise, notre mère. 3º A l'article de la mort, moyennant confession et communion, ou du moins l'invocation du nom de Jésus, de cœur, si l'on ne peut l'invoquer de bouche. (Rescrits des 21 mars 1848 et 19 juillet 1850.)

NOTA. — L'indulgence plénière accordée chaque vendredi peut être gagnée le dimanche suivant, quand, pour des motifs légitimes, on a dû renvoyer à ce jour la confession et la communion, aux mêmes conditions. (Rescrit, 13 septembre 1850).

Indulgences partielles. — 1º Tous les vendredis, indulgence de sept années et de sept quarantaines pour toutes les personnes qui, portant ce Scapulaire, feront la communion et réciteront cinq fois le *Pater*, l'*Ave* et le *Gloria Patri* en l'honneur de la Passion de Notre-Seigneur.

2º Indulgence de trois ans et trois quarantaines pour les associés qui, le cœur contrit, méditeront sur la Passion une demi-heure au moins.

3º Indulgence de 200 jours à tous les fidèles qui, baisant avec componction le Scapulaire de la Passion, réciteront ce verset : *Nous vous supplions de sauver vos serviteurs, que vous avez rachetés par votre précieux sang.* (Rescrit du 25 juin 1847).

CANTIQUES ET PRIÈRES

POUR

LA RETRAITE

DE LA

PREMIÈRE COMMUNION

INVOCATION AU SAINT-ESPRIT

Venez, Esprit divin ; Esprit consolateur,
Dieu puissant que j'adore,
Source de bien, souverain Créateur,
Ah ! c'est vous que j'implore.

Pour connaître le bien d'une sainte clarté,
Venez remplir mon âme ;
Brûlez mon cœur, Esprit de charité,
D'une céleste flamme.

Parmi de grands dangers, je me vois ici-bas
Sans force et sans courage ;
Divin Esprit, ne m'abandonnez pas ;
Sans vous je fais naufrage.

Soutenez, ô mon Dieu, guidez à chaque instant
Mon âme chancelante :
Accordez-moi, dans mon besoin pressant,
Votre grâce puissante.

Pour toujours de mon cœur arrachez le désir
    Contraire à votre gloire.
Sur le péché, jusqu'au dernier soupir,
    Donnez-moi la victoire.

MÊME SUJET

Esprit-Saint, descendez en nous ;
Embrasez notre cœur de vos feux les plus doux.
    Sans vous notre vaine prudence
    Ne peut, hélas ! que s'égarer.
    Ah ! dissipez notre ignorance ;
      Esprit d'intelligence,
      Venez nous éclairer.
      Chœur. Esprit-Saint, etc.

Le noir enfer, pour nous faire la guerre,
Se réunit au monde séducteur ;
Tout est pour nous embûche sur la terre ;
    Soyez notre libérateur.
      Chœur. Esprit-Saint, etc.

Enseignez-nous la divine sagesse,
Seule elle peut nous conduire au bonheur ;
Dans ses sentiers, qu'heureuse est la jeunesse,
    Qu'heureuse est la vieillesse !
      Chœur. Esprit-Saint, etc.

SUR LA RETRAITE

    Séjour précieux
    D'une paix parfaite,
    Tu nous rends les cieux,
    Aimable retraite.
Monde, je romps tes liens,
Pour trouver de si grands biens.

    Dans ce lieu charmant,
    Le Seigneur m'appelle ;

Sans perdre un moment,
J'y cours plein de zèle ;
C'est là que mon Rédempteur
Veut s'assurer de mon cœur.

Mes besoins, mes maux
Me disent sans cesse :
Va dans le repos
Chercher la sagesse ;
C'est dans le recueillement
Qu'on la trouve sûrement.

Que de ses trésors
L'avare soit ivre ;
Qu'à tous ses transports
Le mondain se livre.
Retiré dans ce saint lieu,
Je les plains, je bénis Dieu.

De mon Créateur
J'y vois la puissance ;
De mon Rédempteur
L'aimable clémence ;
Et de mon juge irrité
La juste sévérité.

Mes crimes nombreux
S'offrent à ma vue ;
Ah ! qu'ils sont affreux !
J'en ai l'âme émue.
Quel terrible châtiment
Si je ne change à l'instant.

Je frémis des coups
D'un Dieu redoutable :
Mais, ciel ! qu'il est doux,
Qu'il se rend aimable,
Quand, par un vif repentir,
On veut à lui revenir !

Touché de mes pleurs,
Son cœur me pardonne ;
De mille faveurs
Sa main me couronne.
Ah ! d'un Dieu tant insulté
Quelle ineffable bonté !

Pour bien profiter
De cet exercice,
Il faut s'écarter
Du monde et du vice,
Et se tenir constamment
Dans un saint recueillement.

Apprenons donc tous,
Chrétiens, à nous taire,
Tandis que dans nous
L'Esprit-Saint opère ;
Taisons-nous pour écouter
Un Dieu qui veut nous parler.

Accourez, pécheurs,
Venez aux retraites
Goûter des douceurs
Pures et parfaites ;
Venez laver dans vos pleurs
De vos crimes les horreurs.

A L'APPROCHE DU JOUR DE LA PREMIÈRE COMMUNION

Quel doux penser me transporte et m'enflamme ?
O mon Jésus, c'est vous que j'aperçois ;
Trois jours (1) encore, et je vais dans mon âme
Vous posséder pour la première fois :
Quoi ! dans trois jours vous viendrez dans mon âme
La posséder pour la première fois !

Ah ! bienheureux le cœur tendre et fidèle !...
Mais qu'il s'en faut, Seigneur, que je le sois !
Et je pourrais, insensible et rebelle,
M'unir à vous pour la première fois !
   Quoi ! etc.

Mais qu'ai-je dit ? sa bonté m'encourage,
De mes péchés je ne sens plus le poids.
Ah ! dans trois jours, achevez votre ouvrage,
Venez à moi pour la première fois.
   Quoi ! etc.

(1) Six, cinq, deux jours.

Agneau sans tache, immolé pour le monde,
Vous le sauvez en mourant sur la croix.
C'est sur vous seul que mon espoir se fonde ;
Venez à moi pour la première fois.
   Quoi ! etc.

Festin du ciel, pain sacré, chair divine,
Par mes désirs déjà je vous reçois.
Mon doux Jésus à mon cœur les destine ;
C'est dans trois jours pour la première fois.
   Quoi ! etc.

Un faible enfant, et le Dieu de puissance !
A votre amour vous cédez, je le vois.
Confus, ravi, transporté, je m'avance ;
Venez, mon Dieu, pour la première fois.
   Quoi ! etc.

LA SAINTE MESSE

A l'Introït.

Plein d'un respect mêlé de confiance,
 Qu'excite en nous, Seigneur, votre présence,
Connaissant qu'à vos yeux nous sommes criminels,
Nous cherchons un asile aux pieds de vos autels.

Au Confiteor.

Oui, devant vous, Dieu saint, Dieu redoutable,
 Nous confessons que tout homme est coupable ;
Mais voyant que nos cœurs sont vivement touchés,
Daignez, par votre grâce, effacer nos péchés.

Le prêtre montant à l'Autel

Vous ne voyez en nous aucun mérite,
 Mais tout le ciel pour nous vous sollicite ;
Seigneur, prêtez l'oreille à tant d'intercesseurs
Et rendez-vous aux vœux qu'ils font pour des pécheurs.

A l'Épître.

Éclairez-nous d'une lumière pure,
Pour pénétrer le sens de l'Écriture,

Ou plutôt augmentez dans nos esprits la foi ;
Et soumettez nos cœurs à votre sainte loi.

A l'Evangile.

Nous recevons avec un cœur docile
Les vérités que contient l'Evangile,
Et nous voulons, Seigneur, jusqu'au dernier moment,
Faire ce qu'il ordonne, et fuir ce qu'il défend.

Au Credo.

Avec respect et d'une voix soumise,
Nous écoutons ce qu'enseigne l'Eglise,
C'est vous qui lui parlez, suprême vérité ;
Notre raison se rend à votre autorité.

A l'Offertoire.

Nous vous offrons le sang d'une victime
Qui seule peut expier notre crime ;
Et quoique votre bras soit levé contre nous,
Elle peut désarmer votre juste courroux.

Agréez donc un si grand sacrifice,
Et rendez-vous à tous nos vœux propice.
Le sang que votre Fils répandit sur la croix
Vous parle ici pour nous ; écoutez-en la voix.

A la Préface.

Pour célébrer dignement vos louanges,
Nous nous joignons, Seigneur, avec vos anges,
Ces heureux habitants du céleste séjour
Viennent tous à l'envi vous faire ici la cour.

Que par leurs chants nos voix soient animées ;
Chantons : Saint, saint, saint le Dieu des armées
Grâces à ses bontés, nous avons un Sauveur ;
Béni celui qui vient de la part du Seigneur.

Depuis le Sanctus jusqu'à l'Elévation.

Ce Dieu sauveur parmi nous va descendre ;
C'est son amour qui l'oblige à s'y rendre :
Oui, parce qu'il nous aime, à la voix d'un mortel,
Il obéit sans peine et se rend sur l'autel.

Venez, Seigneur, hâtez-vous de paraître,
 Pour nous servir de victime et de prêtre.
Nos vœux sont écoutés, Jésus descend des cieux ;
Mais sous un voile obscur il se cache à nos yeux.

A l'Elévation

O doux Jésus, ô salutaire hostie,
 Qui nous ouvrez le chemin de la vie,
Désarmez l'ennemi qui, par des traits mortels,
Ose nous attaquer jusqu'au pied des autels.

 Pour apaiser la divine justice,
 Vous vous offrez dans ce saint sacrifice :
J'adore votre corps sous l'espèce du pain ;
J'adore votre sang sous l'espèce du vin.

 C'est votre chair, oui, votre chair si pure,
 Que vous daignez m'offrir pour nourriture ;
C'est le sang précieux qui fut versé pour tous,
Dont vous faites encore un breuvage pour nous.

A l'Agnus Dei

Agneau divin, vous êtes la victime,
 Qui de ce monde avez porté le crime ;
Achevez votre ouvrage, adorable Sauveur,
Lavez dans votre sang les taches de mon cœur.

Au Domine, non sum dignus

Moi, approcher de votre sainte table !
 J'en suis indigne, hélas ! je suis coupable !
Mais d'un seul mot, Seigneur, vous pouvez me guérir,
Alors du pain des forts j'oserai me nourrir.

———

AVANT LA COMMUNION

O saint autel qu'environnent les anges,
 Qu'avec transport aujourd'ui je te vois !
Ici mon Dieu, l'objet de mes louanges,
M'offre son cœur pour la première fois.

O mon Sauveur, mon trésor et ma vie,
Ami divin dont mon cœur a fait choix,
Venez bientôt couronner mon envie,
Venez à moi pour la première fois.

O doux plaisir ! ô divine allégresse !
Déjà mon cœur s'unit au Roi des rois ;
Il est à moi, le Dieu de ma jeunesse,
Je suis à lui pour la première fois.

O jour heureux, jour à mes vœux propice,
A vous bénir je consacre ma voix !
Le Dieu vivant s'immole en sacrifice,
Et me nourrit pour la première fois.

Embrasez-moi, Dieu d'amour et de gloire,
D'un zèle ardent pour vos aimables lois ;
Et pour toujours gravez dans ma mémoire
Ce que je fais pour la première fois.

ACTES AVANT LA COMMUNION

Acte de Foi.

Divin Jésus !
Pour me donner la vie,
Vous êtes dans la sainte hostie;
Divin Jésus !
La foi m'éclaire,
Je crois ce grand mystère,
Divin Jésus !

Acte d'Espérance.

Dieu tout-puissant,
Votre douce présence
Va ranimer ma confiance ;
Dieu tout-puissant,
En vous j'espère,
Finissez ma misère,
Dieu tout-puissant,

Acte d'Amour de Dieu

Amour sacré;
De vous seul je veux vivre,
Pour toujours à vous je me livre.
Amour sacré.
Brûlez mon âme
De votre vive flamme,
Amour sacré.

Acte d'Humilité

Je suis pécheur,
Devant vous je m'abaisse,
Et devant vous je le confesse,
Je suis pécheur :
Dieu de clémence,
Pardonnez mon offense,
Je suis pécheur.

Acte de Désir

Venez en moi,
Mon âme vous désire,
Car après vous elle soupire ;
Venez en moi,
Maître adorable ;
Rédempteur tout aimable,
Venez en moi.

ACTES APRÈS LA COMMUNION

Acte d'Admiration

Quel doux spectacle !
Je suis en ce moment
Le tabernacle
Du Dieu bon et puissant.
Oubliant sa grandeur,
Jésus mon Rédempteur,
Par le plus grand miracle,
Est dans mon faible cœur.
Quel doux spectacle !

Acte d'Adoration

Je vous adore
Sur l'autel de mon cœur :
Ah ! puis-je encore
Douter de mon bonheur
Grand Dieu, dans ce beau jour,
Que l'immortelle cour,
Qui pour moi vous implore,
Me prête son amour,
Dieu que j'adore.

Acte de Remercîment

Dieu de clémence,
Je confesse humblement
Mon impuissance,
Je sens tout mon néant.
Des esprits bienheureux,
Des habitants des cieux,
Pour ma reconnaissance,
Je vous offre les vœux,
Dieu de clémence.

Acte d'Offrande

O Dieu que j'aime,
Je vous donne mon cœur ;
Soyez vous-même
Ma vie et mon bonheur,
Brisant un joug honteux.
Mon âme de vos feux
Sent la douceur extrême ;
En vous je suis heureux,
O Dieu que j'aime.

Acte de Demande

O tendre Père,
Que mon cœur, dès ce jour,
Croie, aime, espère,
Vive dans votre amour !
Que mes penchants, mes goûts,
Ne tendent plus qu'à vous !
Que vous servir, vous plaire,
Soit mon soin le plus doux,
O tendre Père.

Acte de Ferme Propos

Pour mon seul maître,
Je veux, aimable Roi,
Vous reconnaître
Et suivre votre loi.
Jusqu'à mes derniers jours,
Par votre heureux secours,
Avec vous je veux être,
Et vous avoir toujours
Pour mon seul maître.

Acte de Demande

Si je vous aime !
Vous le savez, Seigneur,
Amour suprême,
Vous embrasez mon cœur.
Que ce cœur désormais,
Heureux de vos bienfaits,
Jésus, la bonté même,
Prouve par des effets
Si je vous aime.

HYMNE

Veni, creator Spiritus,
Mentes tuorum visita,
Imple superna gratia
Quæ tu creasti pectora.

Qui diceris Paraclitus ;
Donum Dei Altissimi,
Fons vivus, ignis, charitas
Et spiritalis unctio,

Tu septiformis munere,
Digitus Paternæ dexteræ,
Tu rite promissum Patris,
Sermone ditans guttura.

Accende lumen sensibus,
Infunde amorem cordibus,

Infirma nostri corporis,
Virtute firmans perpeti.

Hostem repellas longius,
Pacemque dones protinus ;
Ductore sic te prævio.
Vitemus omne noxium.

Per te sciamus da Patrem,
Noscamus atque Filium :
Teque utriusque Spiritum,
Credamus omni tempore.

Deo Patri sit gloria,
Ejusque soli Filio.
Cum Spiritu Paraclito,
Nunc et per omne sæculum. Amen.

Refrain

Et dans ton cœur, pour ton bonheur,
Garde la loi de ton Seigneur.   (*bis*)
    Vive le Seigneur !   (*ter.*)
Vive le Seigneur dans tous les cœurs.

Un seul Dieu tu adoreras
Et aimeras parfaitement ;
Dieu en vain tu ne jureras,
Ni autre chose pareillement.

Les dimanches tu garderas
En servant Dieu dévotement ;
Tes père et mère honoreras
Afin de vivre longuement.

Homicide point ne seras
De fait ni volontairement ;
Luxurieux point ne seras
De corps ni de consentement.

Le bien d'autrui tu ne prendras
Ni retiendras à ton escient ;
Faux témoignage ne diras
Ni mentiras aucunement.

L'œuvre de chair ne désireras
Qu'en mariage seulement ;
Biens d'autrui ne convoiteras
Pour les avoir injustement.

Premier Refrain

Bravons les enfers ;
Brisons tous nos fers,
Sortons de l'esclavage ;
Unissons nos voix,
Rendons à la Croix
Un sincère et public hommage.

Deuxième Refrain

S'il le faut, nous saurons souffrir,
Nous saurons souffrir,
Plutôt qu'abjurer la loi du divin Roi,
S'il le faut, nous saurons souffrir,
Nous saurons souffrir,
Nous saurons mourir.

Jurons haine au respect humain.
Brisons cette idole fragile ;
Sur ses débris que notre main
Élève un trône à l'Evangile !

Chrétiens, d'une vaine terreur
Serions-nous encor la victime ;
Qu'il soit banni de notre cœur
Le cruel tyran qui l'opprime.

Partout flottent les étendards
Qu'arbore à nos yeux la licence ;
Faisons briller à ses regards
La bannière de l'innocence.

Tout chrétien doit être un soldat,
Rempli d'ardeur, né pour la gloire :
Quand son chef le mène au combat,
Tremblant il fuirait la victoire !

6

Seigneur, ton camp sera le mien ;
Tant qu'il coulera dans mes veines
Quelques gouttes de sang chrétien,
Monde, tes menaces sont vaines.

O divin Roi ! jusqu'au trépas
Mon cœur te restera fidèle ;
Puisse la Croix, guidant mes pas,
Me voir vivre et mourir pour elle !

Pitié, mon Dieu ! c'est pour notre Patrie
Que nous prions au pied de cet autel.
Les bras liés et la face meurtrie,
Elle a porté ses regards vers le Ciel.

REFRAIN

Dieu de clémence,
O Dieu vainqueur,
Sauvez Rome et la France
Par votre sacré Cœur.

Pitié, mon Dieu ! sur un nouveau Calvaire,
Gémit le chef de votre Eglise en pleurs ;
Glorifiez le successeur de Pierre
Par un triomphe égal à ses douleurs.

Pitié, mon Dieu ! la Vierge immaculée
N'a pas en vain fait entendre sa voix ;
Sur notre terre ingrate et désolée
Les fleurs du Ciel croîtront comme autrefois.

Pitié, mon Dieu ! pour tant d'hommes fragiles,
Vous outrageant, sans savoir ce qu'ils font :
Faites renaître en traits indélébiles
Le sceau du Christ, imprimé sur leur front

Pitié, mon Dieu ! votre cœur adorable
A nos soupirs ne sera pas fermé ;
Il nous convie au mystère ineffable
Qui ravissait l'apôtre bien-aimé.

Pitié, mon Dieu ! si votre main châtie,
Un peuple ingrat qui semble la braver ;
Elle commande à la mort, à la vie,
Par un miracle elle peut nous sauver.

Qu'ils sont aimés, grand Dieu, tes tabernacles !
Qu'ils sont aimés et chéris de mon cœur !
Là tu te plais à rendre tes oracles :
La foi triomphe et l'amour est vainqueur.

Refrain.

Ciel ! Ciel ! oh ! quel bonheur !
Oui, c'est mon Roi, je l'adore.
Ciel ! Ciel ! oh ! quel bonheur !
Oui, c'est mon Roi, je lui donne mon cœur.

Qu'il est heureux celui qui te contemple,
Et qui soupire au pied de tes autels !
Un seul moment qu'on passe dans ton temple,
Vaut mieux qu'un siècle au palais des mortels.

Je nage au sein des plus pures délices :
Le Ciel entier, le Ciel est dans mon cœur.
Dieu de bonté, de faibles sacrifices
Méritaient-ils cet excès de bonheur ?

Autour de moi, les anges en silence,
D'un Dieu caché contemplent la splendeur ;
Anéantis en sa sainte présence,
O chérubins, enviez mon bonheur.

Et je pourrais, à ce monde qui passe,
Donner un cœur par Dieu même habité ?
Non, non, Seigneur, je puis tout par la grâce ;
Mais sauve-moi de ma fragilité.

EN L'HONNEUR DE LA TRÈS-SAINTE VIERGE

Refrain.

Ave, ave, ave, Maria.
Ave, ave, ave, Maria.

Les Saints et les Anges,
En chœurs glorieux,
Chantent vos louanges,
O Reine des Cieux !

O Vierge Marie,
A ce nom si doux,
Mon âme ravie
Chante à vos genoux.

Comme au temps antique,
Chanta Gabriel ;
Voici mon cantique,
O Reine du Ciel !

Devant votre image
Voyez vos enfants,
Agréez l'hommage
De leurs premiers ans.

Soyez le refuge
Des pauvres pécheurs,
O Mère du Juge
Qui sonde les cœurs.

Loin de la patrie
Guidez le soldat,
Protégez sa vie
Au jour du combat.

De la tendre mère
Calmez les soucis ;
En vous elle espère,
Rendez-lui son fils.

Vous de l'innocence
L'aimable soutien,
Prenez la défense
Du jeune orphelin.

Du pauvre qui pleure
Exaucez les vœux :
A sa dernière heure
Montrez-lui les Cieux.

Vierge, sous votre aile,
Heureux qui s'endort ;
Sa frêle nacelle
Vogue vers le port.

———

Refrain.

Divine Marie.
   J'ai l'espoir,
  Au Ciel, ma patrie,   *bis.*
    De te voir.
Espoir, espoir, espoir aux enfants de Marie,
   On ne saurait périr,   *bis.*
   Quand on veut la servir.

Je la verrai, cette mère chérie,
Ce doux espoir fait palpiter mon cœur.
Elle est si bonne et si tendre, Marie,
Un seul regard ferait tout mon bonheur !

Je fus toujours l'enfant de sa tendresse,
Mais plus je suis comblé de ses bienfaits,
Et plus j'éprouve en l'âme de tristesse :
Je la chéris, je ne la vois jamais.

Je la chéris, je me plais à redire
Son nom si doux, à chaque instant du jour :
A chaque instant je me plais à l'écrire,
Je le répète et l'écris tour à tour.

Je vais cherchant son image fidèle,
Mais nulle part je ne suis satisfait ;
Ah ! dans mon cœur ma Mère est bien plus belle,
Et ce tableau lui-même est imparfait

Combien encor durera son absence ?
A chaque fête elle vient en ce lieu ;
Mais, sans la voir, je suis en sa présence ;
Et ce jour fuit. Adieu, ma Mère, adieu,

CANTIQUE DE LA SAINTE VIERGE

Magnificat * anima mea Dominum.

Et exultavit spiritus meus : * in Deo salutari meo.

Quia respexit humilitatem ancillæ suæ : * ecce enim ex hoc beatam me dicent omnes generationes.

Quia fecit mihi magna qui potens est : * et sanctum nomen ejus.

Et misericordia ejus a progenie in progenies : * timentibus eum.

Fecit potentiam in brachio suo : * dispersit superbos mente cordis sui.

Deposuit potentes de sede : * et exaltavit humiles.

Esurientes implevit bonis : * et divites dimisit inanes.

Suscepit Israel puerum suum : * recordatus misericordiæ suæ.

Sicut locutus est ad patres nostros : * Abraham et semini ejus in sæcula.

PENSÉE CONSOLANTE DU CIEL (Air 45)

Le ciel en est le prix !
Que ces mots sont sublimes !
Des plus belles maximes
Voilà tout le précis :   Le ciel...

Le ciel en est le prix !
Mon âme, prends courage.
Ah ! si dans l'esclavage,
Ici-bas tu gémis ; Le ciel...

Le ciel en est le prix !
Amusement frivole,
De grand cœur je t'immole
Au pied du crucifix. Le ciel...

Le ciel en est le prix !
L'Eglise le veut-elle ?...
Fût-ce une bagatelle,
N'importe, j'obéis. Le ciel...

Le ciel en est le prix !
Endurons cette injure ;
L'amour-propre en murmure,
Mais tout bas je lui dis : Le ciel...

Le ciel en est le prix !
Dans l'éternel empire,
Qu'il sera doux de dire :
Tous mes maux sont finis ! Le ciel...

CANTIQUE A SAINTE GERMAINE

Cité des Saints, Eglise notre mère,
Pour qui ces fleurs, ce concours solennel ?
Quel est le nom que redit la prière,
Parmi les chants et l'éclat de l'autel ?

Refrain.

Pauvre bergère,
Germaine en toi
La France espère ;   (*bis.*)
Porte à Dieu notre foi.

Un humble chaume abrita ta naissance ;
Comme à Jésus la paille est ton berceau.
Ton premier cri fut un cri de souffrance ;
Ton premier pas heurta contre un tombeau.

Le Dieu très-bon rappelle à lui ta mère ;
Il t'isolait et te voulait pour lui.
Chétive enfant, ta marâtre et ton père
Vont t'oublier, Dieu sera ton appui.

Oh ! t'oublier, non, la haine et l'injure
T'accableront au foyer paternel ;
Va, fuis aux champs, rebut de la nature,
Laisse à ses fils tout le cœur maternel.

Près d'un troupeau, Germaine rejetée,
Passe avec lui ses jours ; et puis le soir,
Sous l'escalier, comme lui rebutée,
N'a pour souper que du pain sec et noir.

Mais de ce pain, sa tendre prévoyance,
Si peu qu'elle ait, sait réserver encor
La bonne part pour le pauvre en souffrance :
Germaine n'a que ce pain pour trésor.

Que dis-je ? non, d'ineffables richesses
Parent ce cœur si modeste et si doux :
Vertus, objets des divines tendresses,
Trésors bénis par le céleste Epoux.

Quelle ferveur, vers Dieu qui la contemple,
Porte l'élan de son amour pieux !
Parlez, vallons, croix et parvis du temple,
Fut-il jamais cœur plus digne des Cieux ?

Au saint banquet, quand la cloche l'appelle,
L'eau du torrent s'enfuit devant ses pas.
Sur ses brebis, l'ange veille pour elle ;
Le loup rugit, mais il n'approche pas.

C'était l'hiver, un jour, compatissante,
Germaine allait, portant son pain du soir ;
Contre elle accourt la haine vigilante :
Venez, venez, dit-elle, venez voir.

On vient ; Germaine à genoux et vermeille,
Baissant les yeux, ouvre son tablier :
Qu'y trouve-t-on, ravissante merveille,
Au lieu du pain un bouquet printanier !

Pour les enfants, sœur tendre et prévoyante,
Tu les gagnais à Dieu par ta bonté ;
Auprès de Dieu, villageoise ignorante,
Tu trouvas tout : science et charité.

Oh ! puissions-nous, imitant nos modèles,
Et comme toi, charitables et bons,
Former l'enfance et nous montrer fidèles
Aux saints devoirs qu'enseignent nos leçons.

Seconde-nous, patronne vénérée,
Viens et souris à nos humbles travaux ;
Que nos efforts, dans la vigne sacrée,
Donnent des fruits et plus mûrs et plus beaux.

Quand alentour trop de cœurs de ton âge,
Bercés d'erreurs, ne songeaient qu'au plaisir,
Germaine, en Dieu tu fixas ton partage ;
Dieu seul devint l'objet de ton désir.

LE JOUR DE LA PREMIÈRE COMMUNION

AMENDE HONORABLE AU SACRÉ CŒUR DE NOTRE-
SEIGNEUR JÉSUS-CHRIST DANS LE TRÈS-SAINT
SACREMENT DE L'AUTEL.

Cœur adorable de Jésus, vous voyez ici prosternés à vos pieds des enfants qui, quoique jeunes
encore, mais, hélas ! bien coupables, viennent dé-
plorer, dans toute l'amertume de leur cœur, les
péchés nombreux qu'ils ont eu le malheur de commettre. Oui, Seigneur, nous venons faire amende
honorable à votre sainteté infinie, que nous avons
outragée de mille et mille manières. Hélas ! grand
Dieu, vous nous aimiez, et nous ne vous aimions
pas ! Nous étions, comme le monde, sans respect
et sans obéissance pour votre loi. Eh ! qui pourrait
compter le nombre de nos fautes ! Pénétrés d'une
vive douleur, couverts de honte et de confusion,
nous venons, ô aimable Jésus, vous en demander
pardon. Oui, pardon ! que ce cri retentisse partout:
qu'il soit dans toute les bouches, qu'il parte de
tous les cœurs. Pardon pour nous tous, et qu'il
n'y en ait aucun qui ne le reçoive. Ah ! que n'est-il
en notre pouvoir de réparer les péchés de tous les
hommes ! Dans ce désir ardent qui nous presse,
nous nous offrons à vous, en présence des anges et
des saints, devant ce peuple nombreux qui va être
témoin de notre bonheur. Nous nous offrons comme des victimes immolées, consacrées, dévouées à
votre gloire et à votre honneur. Oui, nous déplorons tous les péchés qui vous outragent : irrévé-
rences, profanations, sacriléges, désobéissances à
votre loi, indifférences pour vous, péchés de
toute espèce ; nous les déplorons tous, et nous
osons vous demander pardon pour tous ceux qui
les ont commis et qui ne vous le demandent pas.

7

O adorable Jésus ! vous vous êtes immolé pour
notre salut, nous voulons nous sacrifier pour votre
amour. Vous allez vous donner à nous pour la première fois, nous nous donnons tout entiers à vous
et pour toujours. Venez, ô le Dieu de nos cœurs !
puissent les transports de notre amour vous exal-
ter à jamais, et nous fixer irrévocablement en vous
pour le temps et pour l'éternité ! Ainsi soit-il.

Prière qui termine la Cérémonie du matin

Demandez et vous recevrez, nous avez-vous dit,
aimable Sauveur : *Tout ce que vous demanderez à
mon Père en mon nom vous l'obtiendrez.* C'est sur
la foi de votre promesse que nous venons porter à vos
pieds les vœux de la reconnaissance. Sans doute, ô
mon Dieu, vous êtes le premier et le plus grand de
nos bienfaiteurs, puisque vous avez porté la charité
jusqu'à nous donner votre corps, votre sang, votre
âme, votre divinité. Mais, hélas ! si des parents
chrétiens ne nous eussent appris à vous connaître,
si nos maîtres ne nous eussent conduits vers vous,
si des prêtres zélés ne nous eussent enseigné votre
loi, nous eussions, comme tant d'autres, ignoré
votre nom, ou, comme un plus grand nombre, nous
eussions pris la route qui conduit à la mort. C'est
donc un devoir pour nous, c'est un besoin pour nos
cœurs de reconnaître cette obligation importante.
Et pouvons-nous mieux le faire qu'en vous priant
pour eux, dans ce moment surtout où nous sommes
tout-puissants auprès de vous ? Rendez-leur donc,
ô mon Dieu, tout le bien qu'ils nous ont fait. Comblez de vos bénédictions les plus abondantes ceux
à qui nous devons la vie dans l'ordre de la nature et
dans l'ordre de la grâce. Bénissez nos parents et nos
amis, regardez d'un œil de miséricorde ceux qui
n'ont cessé de lever leurs mains vers votre trône,
pour nous obtenir une sainte préparation, afin

qu'après avoir commencé sur la terre cette famille de saints que vous avez enfantée sur la croix, nous ayons le bonheur d'être réunis dans la gloire, dans l'unité du Père, du Fils et du Saint-Esprit. Ainsi soit-il.

Acte de Renouvellement des Vœux du Baptême

Me voici à vos pieds, ô mon Dieu, pour vous témoigner ma juste reconnaissance et vous remercier de la grâce de mon baptême. J'étais né enfant de colère, esclave du démon. Dans cet état, je ne pouvais pas avoir part au bonheur des saints. C'est vous seul, ô mon Dieu, qui m'avez fait naître dans le sein de l'Eglise catholique et parvenir à la grâce du saint baptême. Au même instant que je l'ai reçu, vous m'avez rendu tous mes droits à l'héritage céleste. Marqué du sceau des enfants de Dieu, ayant Jésus-Christ pour frère et pour chef, je ne devais jamais rentrer sous l'esclavage honteux du démon. Pourquoi faut-il que j'aie contristé l'Esprit-Saint, que je l'aie chassé de mon cœur ! Qu'est devenue la robe de mon innocence ! Que sont devenus ces engagements solennels que prirent pour moi des parents chrétiens ? Ah ! Seigneur, je les ai violés. La robe de mon innocence, je l'ai traînée dans la fange du péché. Mais, ô mon Dieu, vous l'avez purifiée dans votre sang, et elle est devenue plus blanche que la neige. Ces promesses que j'ai violées, je les renouvelle aujourd'hui moi-même librement et dans toute la sincérité de mon cœur. Oui, je crois, et ma foi sera la règle de ma conduite. Parures mondaines, plaisirs perfides, assemblées profanes, vous ne serez rien pour mon cœur ! Evangile saint, vous ferez mes délices ; temple sacré, vous serez ma demeure ; justes de la terre, je viendrai chanter au milieu de vous les louanges du Seigneur ; et lorsqe ma dernière heure sera venue, les anges me recevront avec vous dans les tabernacles éternels, où nous possèderons, sans craindre de le perdre, le Dieu qui a daigné nous visiter.

Acte de Consécration à la très-sainte Vierge

Très-sainte Vierge, Mère de Dieu, souveraine maîtresse des anges et des hommes, ceux et celles que vous voyez ici prosternés à vos pieds sont autant d'âmes chrétiennes que votre cher Fils a nourries pour la première fois de son corps adorable, qu'il a enivrées de son sang précieux, et auxquelles il a inspiré la résolution de n'aimer que lui seul ; ce sont des enfants que leur première communion a rendu plus particulièrement les vôtres ; ils viennent rendre hommage à vos grandeurs, reconnaître vos bontés et réclamer votre protection. Chargé d'exprimer les sentiments dont ils sont pénétrés, désirant de répondre à leur piété et de me satisfaire moi-même, je vous offre leur cœur et le mien ; c'est le langage de notre respect, de notre amour pour vous et de la tendre confiance que nous avons en vos miséricordes. Agréez la protestation que nous faisons de vivre et de mourir dans votre service. Pour toute récompense, nous vous demandons de mettre le comble à notre bonheur, et de rendre ce jour le plus heureux de notre vie, en nous accordant votre sainte protection, et en exauçant les vœux que nous vous adressons de tout notre cœur, pour nos parents, nos amis, nos bienfaiteurs, et surtout pour ces charitables ministres qui se sont efforcés, par leurs instructions, de nous rendre des enfants dignes de la meilleure de toutes les mères. Ainsi soit-il.

Prière à la Sainte Vierge

Souvenez-vous, ô douce vierge Marie, que jamais il ne fut dit que celui qui avait eu recours à votre protection, imploré votre secours, demandé vos suffrages, ait été abandonné. Dans cette confiance, j'accours vers vous, Vierge, mère des vierges; je viens, me voilà devant vous, gémissant, pauvre pécheur. Mère du Verbe, ne méprisez pas ma prière; mais daignez l'écouter et l'exaucer dans votre bonté. Ainsi soit-il.

Pratique pour la Confession

Pour vous bien préparer à la confession, retirez-vous à part, et mettez-vous en la présence de Dieu par un acte d'adoration. Pensez que cette confession peut être la dernière de votre vie, et demandez à Dieu la grâce de connaître vos péchés.

PRIÈRE POUR DEMANDER LA GRACE DE CONNAITRE SES PÉCHÉS

Esprit-Saint, source de lumière, daignez répandre un de vos rayons dans mon cœur : venez m'aider à connaître mes péchés. Montrez-les-moi, Seigneur, aussi distinctement que je les connaîtrai quand, au sortir de cette vie, il me faudra paraître devant vous pour être jugé. Faites-moi connaître, ô Dieu saint, et le mal que j'ai fait, et le bien que j'ai omis. Faites-moi voir le nombre et la grandeur de mes offenses.

Mère de mon Sauveur, qui êtes si charitable envers les pécheurs qui désirent se repentir, assistez-moi de votre secours. — Mon saint Ange, aidez-moi à connaître mes péchés. — Mes saints Patrons, Saints et Saintes du Paradis, priez pour moi. Je vous offre, ô Jésus, mon Sauveur, l'examen que je vais faire avec votre sainte grâce.

Examen de conscience

Ai-je toujours dit tous mes péchés en confession, entre autres, la dernière fois que j'ai été à confesse? — Ai-je bien fait ma pénitence ? — Depuis ce temps, ai-je tâché de me corriger de mes défauts et de devenir meilleur ?

Premier commandement.

Ai-je fait mes prières tous les jours, matin et soir ? — Combien de fois les ai-je omises par négligence ? — Combien de fois les ai-je faites sans respect, sans esprit de foi, à la légère et par routine ?

Ai-je fait légèrement et sans religion le signe sacré de la croix ? — Ai-je négligé de vivre pour le bon Dieu et de lui offrir mon travail, mes principales actions, mes peines et mes joies ? (On n'est vraiment chrétien que quand on vit pour Jésus-Christ.)

Ai-je aimé de tout mon cœur mon Sauveur Jésus-Christ au saint Sacrement de son amour ? — Ai-je négligé de l'y adorer quand je l'ai pu ?

Ai-je aimé et prié la sainte Vierge comme un bon fils ?

Me suis-je moqué de la religion par étourderie ou par respect humain ? — Me suis-je moqué de la piété de camarades meilleurs que moi ? — Ai-je lu des livres impies ?

Deuxième commandement.

Ai-je dit des mots vilains et grossiers ? — Ai-je juré ? — Ai-je blasphémé le saint nom de Dieu ? (Le mot *sacré* devant un autre nom veut dire maudit.)

Ai-je prononcé sans respect le très-saint nom de Jésus, ou celui de la Vierge Marie ? — Ai-je juré ou blasphémé devant d'autres, de manière à leur donner mauvais exemple ?

Troisième commandement.

Ai-je travaillé le dimanche à des ouvrages défendus ? — Ai-je acheté les dimanches et fêtes sans une nécessité absolue ?

Ai-je, par ma faute, manqué la Messe le dimanche et les jours de fêtes ? — Y suis-je arrivé par ma faute après qu'elle était commencée ? — Suis-je parti avant qu'elle fût tout à fait terminée ? — Comment m'y suis-je tenu ? — Ai-je causé ? — Ai-je ri ? — Combien de fois ? — Ai-je toujours assisté au saint Sacrifice avec cette religion profonde qu'y apportent les vrais chrétiens ?

Ai-je assisté pieusement aux Vêpres, au Salut lorsque cela m'a été possible ? — Ai-je écouté avec foi et respect les instructions religieuses ?

Quatrième commandement.

Ai-je honoré, respecté en toutes choses le Pape, les évêques, les prêtres qui sont les pères de mon âme et mes guides dans la voie du salut ?

Ai-je tous les jours prié pour mes parents vivants et morts ? — Ai-je désobéi à mes parents ? — Ai-je désobéi à mes maîtres ou à ceux qui sont chargés de moi ? — Leur ai-je manqué de respect ? — Leur ai-je dit des paroles grossières ? — Ai-je eu le malheur de lever la main sur eux ?

Ai-je dédaigné leurs observations, et me suis-je moqué de leurs bons conseils ? — Ai-je fait la mauvaise tête vis-à-vis d'eux ? — Ai-je été entêté ? — Combien de fois ?

Cinquième commandement.

Me suis-je impatienté sans chercher à me réprimer ? — Me suis-je mis fortement en colère, et me suis-je laissé aller à des violences de caractère ? — Me suis-je querellé avec mes camarades ? les ai-je insultés ? leur ai-je fait du mal volontairement ? —

Ai-je tâché de me venger ? — Ai-je dit du mal des autres ? — Ai-je parlé méchamment de leurs défauts, de leurs ridicules, de leurs fautes ? — Ai-je nui gravement à leur réputation ? — Ai-je rapporté contre eux pour les faire punir ? — Ai-je fait sans nécessité et pour m'amuser du mal aux animaux ?

Sixième et neuvième commandement.

Ai-je détesté de tout mon cœur l'indécence et tout ce qui blesse la pudeur ? — Ai-je résisté tout de suite et courageusement aux tentations ? — Me suis-je arrêté *volontairement* à des pensées déshonnêtes ? — Me suis-je exposé par imprudence aux occasions dangereuses ? — Ai-je fréquenté de mauvais sujets ? — Ai-je parlé et ri avec eux de mauvaises choses ? — Ai-je eu le malheur d'être indécent ? — Combien de fois gravement et volontairement ? (En cela, comme en toutes choses, il n'y a jamais de péché quand il n'y a pas de volonté.)

Ai-je été indécent ou du moins imprudent dans mes regards, dans mes lectures? — Ai-je eu le malheur d'apprendre le mal aux autres et de contribuer à les y faire tomber? Vis-à-vis de moi-même, ai-je manqué de pudeur et de modestie? (Quelque pénible que soit l'aveu de ce genre de fautes, il faut s'en confesser courageusement, sans rien diminuer : ce sont presque toujours les péchés d'indécence que les pénitents lâches n'osent pas dire en confession.)

Septième et dixième commandement.

Ai-je pris quelque chose qui n'était pas à moi ? — Ai-je pris de l'argent à mes parents ou à d'autres personnes? combien? et combien de fois? (Voilà encore une espèce de péché que les pauvres enfants cachent souvent par mauvaise honte.)

Ai-je gardé ce que j'avais pris ou trouvé quand j'aurais pu le rendre? — Ai-je triché au jeu?

Huitième commandement

Ai-je la mauvaise habitude de mentir ? Ai-je dit des mensonges pour m'amuser ? pour m'excuser ? pour me vanter ? pour excuser les autres, ou, au contraire, pour les faire punir ?

Ai-je calomnié, c'est-à-dire menti en disant du mal des autres ? — Ai-je calomnié mes maîtres ?

Ai-je cherché par vanité à paraître plus que les autres ? Ai-je été fier de mes habits, de ma tournure, de mes succès, au lieu de rapporter au bon Dieu l'honneur de tous les dons qu'il a daigné mettre en moi ? — Ai-je méprisé ceux qui sont moins riches, moins instruits que moi ? — Ai-je été susceptible et vaniteux ? — Ai-je eu du respect humain, et ai-je omis de bien faire, par crainte des railleries de quelque mauvais camarade ?

Ai-je, au contraire, cherché à paraître pieux et bon quand je ne l'étais pas ?

Ai-je été bon pour les pauvres ? — Quand j'ai pu leur donner, l'ai-je fait de bon cœur ? — Ai-je trop tenu à l'argent ?

Ai-je été jaloux de ce qu'avaient mes camarades, de leurs habits, de leurs succès, de leurs vertus ? — Ai-je eu du chagrin quand on a dit du bien d'un autre ?

Ai-je eu un mauvais caractère sans m'efforcer de le corriger ? — Ai-je été volontairement grognon et maussade ?

Ai-je mangé ou bu avec excès ? Me suis-je trop occupé du manger et du boire ?

Ai-je dépensé trop d'argent en friandises au lieu de penser aux pauvres ?

Ai-je, par gourmandise ou par négligence, violé la loi du maigre les jours de jeûne et d'abstinence prescrits par l'Église ?

Ai-je été paresseux ? — Ai-je mal fait mes devoirs par mollesse et négligence ? — Ai-je mal appris mes leçons ?

Ai-je négligé un devoir par lâcheté et pour ne pas me gêner ?

Ai-je été égoïste et peu complaisant pour mes camarades ?

Me suis-je volontairement abandonné à quelque mauvaise habitude par le découragement, désespérant de pouvoir me corriger ? (Le découragement et la tristesse sont des fléaux pour la conscience.)

Suis-je resté longtemps par ma faute en état de péché mortel, m'exposant follement à la réprobation éternelle, si j'étais mort en cet état ?

Enfin, depuis ma dernière confession ma vie a-t-elle été celle d'un véritable chrétien, d'un enfant qui a la foi et qui respecte sa conscience et son baptême ?...

Après que vous vous serez examiné soigneusement pendant quelque temps, excitez-vous à une vraie contrition, à un sincère et ferme propos de ne plus pécher.

ACTE DE CONTRITION

Quelle confusion pour moi, ô mon Dieu, de tomber si souvent, si facilement, dans les mêmes fautes et après tant de promesses ! Pardon, Seigneur, de la multitude et de la grièveté de mes offenses ! Pardon pour tous les péchés de ma vie !

Je les déteste, parce qu'ils m'ont tant de fois exposé à brûler en enfer..., à perdre pour toujours ce beau ciel pour lequel vous m'avez créé. Hélas ! si j'étais mort à tel jour, à telle heure, à tel endroit, où serais-je maintenant ?

Je les déteste à cause de votre grandeur et de votre majesté, contre lesquelles je me suis insolemment révolté. Ver de terre, vil néant que je suis, j'ai osé vous offenser, vous offenser en votre présence, vous, mon Dieu, mon souverain maître, mon juge, tandis que vous me teniez suspendu par un fil au-dessus de l'abîme.

Je les déteste à cause de votre bonté infinie. J'ai

offensé le Dieu qui m'a créé, qui me conserve, qui
me nourrit, en abusant contre lui de ses propres
bienfaits. J'ai offensé le meilleur des pères, qui
m'a tant de fois pardonné, et cela pour un vil plaisir d'un moment... J'ai renouvelé les souffrances
de mon Sauveur ; j'ai ouvert toutes ses plaies,
j'ai arraché son sang de ses veines, je lui ai donné
le coup de la mort ; j'ai percé son cœur, ce cœur
qui ne respirait qu'amour pour moi. Quelle ingra-
titude ! Pardon, ô mon Dieu..., ô Jésus, plutôt
mourir que de vous crucifier de nouveau par le
péché... O Marie, mon espérance, demandez grâce
pour moi.

Ainsi soit-il.

ACTE DE BON PROPOS

C'en est fait, mon Dieu, je ne veux plus vous
offenser. Je veux vous aimer. Oui, vous êtes le Dieu
de mon cœur ; régnez-y en souverain. Je renonce
pour toujours au péché, parce qu'il vous offense. Je
suis dans la ferme résolution de ne plus le commettre. Mais, mon Dieu, vous connaissez ma faiblesse, daignez me fortifier. O Jésus, qui me donnez cette bonne volonté, affermissez-la de telle
sorte que, quelques occasions qui se présentent,
quelques tentations qui m'attaquent, jamais je ne
me sépare de votre grâce et de votre amour.

Ainsi soit-il.

PRIÈRE APRÈS LA CONFESSION

Je viens de me confesser, ô mon divin Sauveur,
en vous déclarant mes fautes ; je vous ai promis de
ne plus les commettre : oui, ô mon Dieu, dans le
désir de vous être à jamais fidèle, il me semble
que je puis vous répondre de ne plus retomber

dans mes premiers égarements. Néanmoins je suis
faible, et j'ai tout à craindre si vous ne me préve-
nez de votre grâce toute-puissante ; ne me la re-
fusez pas, ô mon bon Jésus, je vous en conjure ;
donnez-moi cette force qui m'est si nécessaire pour
combattre avec succès les ennemis de mon salut ;
faites que je résiste courageusement et aux mauvais
exemples et aux mauvais conseils, et surtout à ce
malheureux penchant qui me porte si souvent au
mal ; je vous la demande, cette grâce, par les prières
et les mérites de la sainte Vierge, ma bonne Mère, de mes saints Patrons et de mon Ange gardien,
et, je l'espère, ô mon Dieu, fidèle à vos saintes ins-
pirations, je serai fidèle à mes promesses et je ne
vous offenserai plus.

Ainsi soit-il.

FIN

TABLE ALPHABÉTIQUE

DES CANTIQUES.

FIN DE LA TABLE.

7997   Toulon. — Typ. Massone.

www.ingramcontent.com/pod-product-compliance
Lightning Source LLC
Chambersburg PA
CBHW071114260626
47162CB00006B/2320